CHRISTIAN BOURGOIS ÉDITEUR
8, rue Garancière – Paris VIe

Du même auteur
dans la collection 10/18

LE SOLEIL N'EST PAS POUR NOUS, n° 1754.
SUEUR AUX TRIPES, n° 1755.
BROUILLARD AU PONT DE TOLBIAC, n° 1756.

LA VIE EST DÉGUEULASSE

Il fait toujours nuit

(Trilogie Noire I)

PAR

LÉO MALET

Préface de Francis LACASSIN

10|18

Série « L'Appel de la vie »
dirigée par Francis Lacassin

ISBN 2-264-00-739-7

PRÉFACE

« SOUS LE DRAPEAU SANG ET NOIR DE L'INQUIÉTUDE SEXUELLE »

Léo Malet m'a confié un jour : « Deux hommes ont exercé sur moi une influence capitale, tous deux se prénommaient André. C'étaient Colomer et Breton. »

André Colomer (1886-1931), anarchiste, pacifiste, déserteur de la guerre 1914-1918, secrétaire de rédaction du *Libertaire,* puis rédacteur en chef de *l'Insurgé*, auteur d'un recueil de souvenirs *(A nous deux, patrie!)* dont le lyrisme violent fut jugé parfois regrettable par ses camarades de combat. Colomer dont les articles incitèrent Malet à quitter Montpellier, la ville où il était né en 1909. Colomer qui accueillit à Paris le jeune orphelin de 16 ans et lui donna, en l'introduisant dans les milieux anarchistes, la famille qu'il n'avait jamais eue [1].

André Breton qui, en 1931, lui fit partager la famille surréaliste et encouragea sa vocation d'écrivain.

Si une œuvre de Léo Malet témoigne, même de façon implicite, de cette influence capitale, c'est bien la *Trilogie noire.* Au chapitre IV de *Le Soleil n'est pas pour nous*, une affiche du Foyer végétalien annonce une « conférence

1. Sur André Colomer, Malet et l'Anarchie, voir notre édition de *Brouillard au pont de Tolbiac.* Collection 10/18 n° 1756.

publique et contradictoire sur le thème *Qui est le coupable? La société ou le bandit?* » sans citer le nom de l'auteur (Colomer). Mais la présence de celui-ci se distingue en filigrane dans ce second volet de la trilogie et dans le premier : *La vie est dégueulasse.*

Ce premier volume (republié en 1980 sous le titre : *Il fait toujours nuit*) traite sous une forme romancée un débat qui partageait encore les anarchistes parisiens au moment où Malet les a rejoints : celui de « l'illégalisme ». Fallait-il frapper le Capital par des « reprises individuelles », par des « expropriations violentes », comme celles pratiquées par Jules Bonnot et les autres « bandits tragiques »? Ceux-là mêmes qu'un des chapitres les plus lyriques [1] de *A nous deux, patrie!* définit comme de « hardis joueurs de la vie ».

Malet m'a confié qu'après sa rencontre avec Colomer, il avait failli céder à la tentation de la « reprise individuelle » et mener la vie de desperado qu'il prête au personnage central de *La vie est dégueulasse.* Il s'est rappelé à temps que la « délinquance pour le bon motif » est promise à une implacable dérive vers la délinquance tout court. Un engrenage fatidique qui sous-tend l'intrigue de ce premier roman.

En dehors de l'engagement anarchiste, le héros de *La vie est dégueulasse* présente d'autres points communs avec l'auteur : sa condition d'orphelin, les vagabondages, une vision surréaliste de l'amour (par exemple dans l'envolée très « amour fou », qui termine le chapitre XV). Sans oublier son état civil de Jean Fraiger, dérivé du nom de la mère de Léo Malet : Louise Refreger.

1. Ce chapitre est reproduit dans notre édition de *Brouillard au pont de Tolbiac*, collection 10/18 n° 1756.

Les références autobiographiques sont encore plus précises dans le deuxième volet de la trilogie : *Le Soleil n'est pas pour nous.* En décrivant André Arnal, orphelin lui aussi, incarcéré à la prison de la Petite-Roquette pour vagabondage; en lui prêtant pour domiciles successifs le Foyer Végétalien de la rue de Tolbiac et le dessous du pont Sully; en lui faisant « piquer des macadams » (faux accidents du travail), c'est dans sa propre vie en l'an 1926 que l'auteur puise.

Et c'est une autre période de sa vie, celle de son séjour parmi les surréalistes de 1930 à 1940, qui inspire les rêves et les collages littéraires dont est parsemée la *Trilogie Noire.* Évidente est l'impulsion onirique des rêves nocturnes par lesquels s'exprime l'inconscient d'André Arnal *(Le Soleil n'est pas pour nous)* et de Paul Blondel *(Sueur aux tripes).* Pour ce dernier, la vie diurne n'est qu'un appendice d'une vie nocturne hantée par l'homme aux lunettes à monture de fer. La dimension surréaliste est ici manifeste.

Elle est plus subtile, mais tout aussi certaine dans le recours aux collages littéraires : les articles de journaux employés à contrepoint. C'est chaque fois une intrusion en contrebande de la réalité dans l'imaginaire, aussi provocante que l'irruption du surnaturel dans le réel. Par la veulerie du ton et par les clichés qu'ils véhiculent, ils rendent la réalité et la conformité ridicules, insupportables, monstrueuses. L'insertion de ces articles dans le cours du roman constitue un véritable détournement de l'objet, dans la plus pure tradition surréaliste.

C'est le recours à certaines techniques surréalistes autant que la survivance d'un idéal anarchiste qui donnent à la *Trilogie Noire* l'originalité dont sont dépourvus tant de romans contemporains où le noir se révèle un badigeon malhabile. De même que certains naïfs croient pouvoir imiter L.-F. Céline en débondant une rhétorique de pissotière, d'autres s'évertuent à accumuler le sordide et le vomi pour faire noir. Piètres artifices!

Malet n'en a pas eu besoin pour retrouver la tradition du roman noir sadien : c'est le roman du mal, et non le roman d'un sordide qui n'est que fioriture. Chez Malet comme chez Sade, l'ordre, c'est le mal; et on ne peut échapper au mal qu'en commettant le mal.

Une fatalité ainsi transposée par Malet à travers son expérience de l'anarchie : il est seulement deux catégories d'hommes. Les esclaves de l'ordre social. Et les rebelles à cet ordre : mais ils seront de toute façon broyés par lui. A ces desperados, le rêve et le sexe fourniront de brèves illusions.

Nous sommes ici au cœur même de l'originalité et de la modernité de Malet. Après avoir singé Céline avec une pléthore de gros mots, les mêmes naïfs ont singé Sade par une accumulation d'exploits sexuels. Au contraire, les héros de Malet éprouvent dans le domaine du sexe les mêmes échecs, les mêmes frustrations que dans la vie sociale ou familiale.

Ils voient l'amour leur échapper, par trahison de la femme aimée *(Sueur aux tripes)*, par sa mort *(Le Soleil n'est pas pour nous)*. Ou bien encore sont-ils incapables de procurer du plaisir à leur partenaire. Tel est le cas de Jean Fraiger, héros de *La vie est dégueulasse*. Étrange et fascinant personnage qui participe de Jules Bonnot par son anarchisme dévoyé, de Lacenaire par sa provocation suicidaire, du sergent Bertrand par sa nécrophilie inaccomplie.

Il couche avec des mortes (dans ses rêves) depuis qu'il porte le deuil de sa mère; et il s'est châtré moralement par fidélité à elle. Lorsque enfin il rompt cette fidélité, c'est le fiasco, et il ne peut que dire à sa partenaire insatisfaite : « J'aurais tant aimé vivre ». Aux policiers qui l'encerclent, il lance : « Tirez au sexe! »

C'est également pour compenser une autre humiliation sexuelle que, dans *Le Soleil n'est pas pour nous*, les deux jeunes prostitués, soumis à des Arabes, effacent leur souillure en assassinant une vieille femme. Un curieux exemple d'hygiène mentale suggéré à Malet par la réalité. Précisément par un fait divers qui, dans les années 1927-1928, avait scandalisé les bonnes âmes. Impossible, pour elles, de comprendre pourquoi deux jeunes assassins avaient exécuté un couple de vieillards, en s'écriant à chaque coup de couteau : « Ça, c'est pour Mohamed! Ça c'est pour Ali! »

La *Trilogie Noire* est de toute l'œuvre de Malet celle à laquelle il tient le plus, malgré (ou à cause d') une relative incompréhension des lecteurs. Moins prisés – et c'est injuste – que la série Nestor Burma, ces trois romans ont mis quelque vingt ans à atteindre le public qui leur était véritablement destiné.

Pourquoi avoir pris le risque de les écrire? « Je ne nourrissais aucune ambition particulière... je voulais exprimer certains sentiments ou préoccupations qui m'habitaient depuis longtemps, et dont le roman policier, avec Nestor Burma, ne permettait pas leur véhiculation. » [1]

Certes, le roman policier même avec un meneur de jeu aussi peu conformiste que Nestor Burma, reste un genre

1. Jacques Baudou. « 13 questions à Léo Malet », dans *Enigmatika 18 spécial 81*. Éditions de la Butte aux Cailles, 1982.

littéraire sécurisant. L'enquêteur (public, privé, occasionnel), en démasquant le criminel, apaise l'ordre social que celui-ci avait troublé. En refermant le volume, le lecteur a l'impression que rien de fâcheux ne peut arriver. A la fin de chaque épisode de la *Trilogie Noire,* il a au contraire le sentiment que rien n'est résolu.

Le démarrage de la *Trilogie Noire* a été précédé par une lente maturation. Le désir d'exprimer certaines préoccupations, que la finalité étroite du roman policier ne lui permet pas de traiter, apparaît chez Malet dès 1942, soit un an après ses débuts dans la littérature policière.

C'est en 1942 qu'il rédige *l'Ombre du grand mur,* dont l'action est l'illustration d'une fatalité implacable. Un roman encore trop dépendant des structures de l'histoire policière pour atteindre le but recherché par l'auteur. Et trop « philosophico-littéraire » pour être accepté par l'éditeur de la collection « Minuit » à laquelle il était destiné.

C'est le succès de Nestor Burma en novembre 1943 qui tirera ce manuscrit des tiroirs de l'auteur. Sous-titré « roman d'action inédit », *l'Ombre du grand mur* paraît à la S.E.P.E. en 1944, non pas dans « le Labyrinthe », mais dans « le Bandeau noir », une collection de romans d'aventures aux couvertures illustrées : nuance...

En 1946, Malet profite de l'hospitalité de la revue *La Rue* pour aborder le genre noir, sans restriction, enfin. Il donne à *La Rue* une dizaine de brefs récits que, par euphémisme, il qualifie de « contes doux ». Le 26 juillet, dans *Un bon petit diable,* il raconte l'histoire d'un adolescent qui jette sa mère par la fenêtre. Ce texte sera incorporé dans le chapitre II du deuxième volet de la *Trilogie* : *Le Soleil n'est pas pour nous*. Troisième étape en 1947. Elle est représentée par une nouvelle d'une trentaine de pages : *On ne tue pas les rêves*, parue dans *Lectures de Paris*, revue mensuelle éditée par la S.E.P.E. Le numéro concerné manque à la Bibliothèque Nationale, et l'auteur n'a pas conservé ce manuscrit car en 1948, il l'a développé sous forme d'un roman intitulé *Sueur aux tripes*.

Après cinq ans d'incubation, Malet achève enfin (octobre 1947) le premier volume de la *Trilogie Noire*. Il paraît au début de 1948 à la S.E.P.E., hors collection, sous le titre *La vie est dégueulasse*. Titre banal, choisi par l'auteur pour humilier une certaine femme qui, suppose-t-il, pourra le voir à la vitrine des libraires...

Ce roman essuie un « véritable bide », c'est l'expression même de Malet... Heureusement celui-ci rencontre quelques mois plus tard Jean d'Halluin, animateur des Éditions du Scorpion auquel on doit la publication entre autres de plusieurs romans de Boris Vian/Vernon Sullivan, et de Raymond Queneau/Sally Mara.

D'Halluin s'offre à republier *La vie est dégueulasse* sous sa propre couverture, alors très prestigieuse. Certain du succès, il invite même l'auteur à écrire un second volume du même genre.

Aussitôt dit, aussitôt fait. *La vie est dégueulasse* reparaît vers septembre 1948 sous la couverture rouge et noir du Scorpion; et *Le Soleil n'est pas pour nous* lui succède en janvier 1949.

Malet a écrit dans la même foulée *Le Soleil n'est pas pour nous* et *Sueur aux tripes;* celui-ci devant paraître également dans la foulée du précédent. On ne s'étonnera donc pas de voir *Sueurs aux tripes* (au pluriel) figurer parmi les titres déjà parus, annoncés en quatrième page de couverture de *Le Soleil n'est pas pour nous*.

Si l'on en croit un catalogue inséré en fin du volume, ces « sueurs » sont même tarifées à 180 F.

On ne s'étonnera donc toujours pas que dans les années suivantes, les fidèles de Léo Malet aient recherché désespérément un exemplaire de *Sueurs aux tripes* chez les bouquinistes. Recherche sans espoir, car promis à une parution imminente puis retardée, *Sueurs aux tripes* ne vit jamais le jour aux Éditions du Scorpion. En raison des difficultés financières et judiciaires éprouvées par Jean d'Halluin, criblé d'amendes et d'interdictions pour avoir outragé les bonnes mœurs en publiant *J'irai cracher sur vos tombes*.

Et *Sueurs aux tripes* serait aussi oublié qu'une momie égyptienne si un certain Jean-Claude Romer, acharné à compléter sa collection du Scorpion, n'avait pris contact avec Léo Malet. Il lui demanda où et comment se procurer un exemplaire du seul livre publié par Jean d'Halluin dont il n'ait pu entrevoir la trace.

C'était en 1969. Il y avait à cette époque, 23-25 rue du Cherche-Midi, une librairie dont on écrira l'histoire, et à laquelle l'université, après un délai convenable de trente ou quarante ans consacrera une rafale de thèses. A l'enseigne du « Terrain vague », se réunissaient des jeunes gens surréalistes, et d'autres qui ne l'étaient pas. Mais tous ardents, enthousiastes, ouverts à des sujets ignorés ou dédaignés par leurs contemporains : la bande dessinée, le réalisme fantastique des magiciens matinaux [1]; et tout le cinéma bis : péplums, fantastique, horreur, etc.

1. Notre ami Jacques Bergier avait écrit avec Louis Pauwels *Le Matin des magiciens* (Gallimard, 1961). Par ses coups de boutoir contre le conformisme rationaliste, ce livre avait soulevé de nombreuses controverses, provoqué l'avènement du « réalisme fantastique » et la naissance de la revue *Planète*.

Parmi ces enthousiastes, Jean-Claude Romer animait, avec Michel Caen, la revue *Midi-Minuit fantastique*. Il n'eut pas de mal à convaincre le maître des lieux, Eric Losfeld de publier l'introuvable *Sueur aux tripes* (passé au singulier). Il parut en un volume regroupant la *Trilogie Noire* avec une jaquette illustrée par Magritte, aux éditions du Terrain vague. Le Terrain vague, traduction du flamand Losfeld, c'est le nom qui avait été donné à cette originale maison d'éditions par Breton : l'un des deux André qui exercèrent sur Malet une influence capitale...

Francis LACASSIN

AVANT-PROPOS DE L'AUTEUR

Au seuil de ce récit, l'auteur entend préciser qu'en publiant un « roman noir » moderne, il ne sacrifie nullement à une mode.

J'arbre comme cadavre, *recueil de poèmes paru voici dix ans, témoigne suffisamment, par son titre seul, de préoccupations particulières auxquelles, – et pour cause, – le goût du jour 1947-48 est étranger. Au reste, d'autres textes poétiques, encore que dotés de titres moins significatifs, furent inspirés à l'auteur par le sergent Bertrand, l'étonnant nécrophile, et Eugen Weidmann, le tueur sentimental de « La Voulzie ».*

Il sera d'ailleurs loisible au lecteur de reconnaître ces deux célébrités psycho-criminelles – sans oublier certains « expropriateurs » tels les anarchistes individualistes de la bande à Bonnot – dans le personnage central de La vie est dégueulasse : *Jean, ce Tristan à la sauce noire, ce Tristan sans Iseult, qui, par-dessus un abime de cruauté et de tendresse et le fracas des mitraillettes en action, dresse le drapeau sang et nuit de l'inquiétude sexuelle.*

Dès lors, ma vie devint un long suicide.
LACENAIRE.

I

ACTION

Passées les hautes cheminées crachant leur infecte fumée noire, je touchai le bras nu d'Albert pour l'avertir que nous étions bientôt arrivés. Geste parfaitement inutile, puisque Albert connaissait aussi bien que moi l'endroit que nous avions inspecté ensemble, les jours précédents. Le lieu, à cette heure de la matinée, était à peu près désert.

Je dis à Albert de stopper et il rangea l'auto le long du trottoir, à une courte distance de la rue qui coupait le boulevard. Une charcuterie s'érigeait à l'angle. Son rideau baissé, jaune, décoré d'une frise d'entrelacs dans le bas et frappé en son centre d'un *Comestibles de premier choix* en lettres d'un bleu passé, faisait penser à un rideau de théâtre Guignol. Je trouvai cela pas mal du tout, parce que c'était justement par là que des guignols devaient arriver. Tout étant prêt pour la représentation, on allait bien rire. Je me promis de m'en payer et m'octroyai illico un acompte. L'instant était plutôt grave, mais je me mis à me marrer doucement. Une solide réputation de boute-en-train m'accompagnait et je rigolais franchement à l'idée de l'échantillon choisi d'humour dont j'allais gratifier les populations.

Laissant tourner le moulin, Albert entreprit d'en souligner la musique en pianotant sur le volant. Il portait un tricot de corps découvrant largement le cou et les bras. Ça faisait drôle de voir des gants au bout de ses bras nus. Petit, trapu, avec des sourcils épais, sans aucune solution de continuité, il ne cassait rien, rayon intellect, mais possédait un sens précieux de la mécanique. Une auto et lui, ça ne formait qu'un bloc unique. Une sorte de centaure moderne qui n'aurait pas été un mauvais cheval.

J'entrebâillai la portière et restai collé au siège. Paul et Marcel, dans l'ombre de l'intérieur de la voiture, ne bougèrent pas davantage.

Une bonne vieille passa. Elle me vit rire. Elle dut se dire que nous étions des petits vernis de posséder une bagnole. Si elle avait su à quel point, moi, personnellement, j'étais verni, elle m'aurait avec joic laissé la voiture, laquelle, d'ailleurs, autant le dire tout de suite, ne m'appartenait pas précisément. Un moment, je suivis la vieille du regard.

Puis ce fut la jeune fille. Vêtue d'une robe claire qui moulait ses formes, elle retint l'attention d'Albert qui sifflota en connaisseur.

– Ta gueule! murmurai-je.

Et Albert sourit et se tut. Un instant, il s'était arrêté de pianoter. Il remit ça. La jeune fille passa sans même nous voir. Elle devait songer à d'importants événements, cela se lisait dans ses yeux : sa note de gaz, son loyer, son travail, le type qui lui faisait du plat ou tout autre truc de ce genre. Sortant la tête hors de la voiture, je la regardai s'éloigner, comme j'avais regardé s'éloigner la vieille ménagère. Je glissai la main sous la serviette de cuir que je tenais sur mes genoux. Entre la sacoche et les genoux, un lourd revolver espagnol de fort calibre reposait : un *Primamata*, avec sa bande de munitions. Je le caressai. Ce me fut un peu comme si je possédais charnellement la fille qui s'éloignait avec un roulement prometteur des hanches.

Brusquement, je m'enquis de l'heure. Albert souleva le poignet de son gant et consulta sa montre. Il dit que ça approchait. Une allumette, craquée derrière moi, dans les profondeurs du véhicule, me rappela la présence de Paul et de Marcel. Ils avaient entamé une conversation. Je surpris un lambeau de phrase où il était question de « mignonne au poil ». Je me retournai. Depuis toujours, Marcel me tapait sur le système, avec ses récits d'exploits amoureux. Et, aujourd'hui, il en gavait Paul. J'aimais bien Paul. Il avait vingt ans et était bossu. Les histoires de Marcel, ce n'était pas bon pour lui.

– Tu ferais mieux de te préparer pour le boulot qui nous attend, observai-je.

– Tout est paré, répondit-il.

C'était un beau gars, il n'y avait pas à dire. Un torse avantageux et tout ce qui plaît aux femmes, sans doute. Il portait un tricot de corps, comme Albert. Il n'y avait que Paul et moi pour endurer un veston par cette chaleur.

– ... Peux bien parler de ma dernière touche, ajouta-t-il, agressif. C'est pas ça qui fera casser la cabane. Et est-ce qu'on sait ce qui va nous arriver? Laisse-moi jouir de mes souvenirs...

Il me bassinait, avec ses souvenirs à relents de bidet. Je le lui dis.

– Ça va, intervint Albert, sourdement. Ne vous engueulez pas. Y a du monde. On va se faire repérer.

Fermez ça. (Albert, c'était le bon sens même, parfois.) Surtout qu'ils tardent à rappliquer, ajouta-t-il, en pianotant de plus belle sur le volant. Nom de Dieu! qu'est-ce qu'ils foutent, mais qu'est-ce qu'ils foutent?

– Ils ne sont pas pressés de faire le voyage, dis-je, abandonnant Marcel qui l'avait bouclé.

Quelque chose, dans mon propos, sonna étrangement aux oreilles de Paul. Il avait des principes. Il dit qu'il fallait bien expliquer le truc au type; que c'était un manche, comme tout le monde; pas autre chose qu'un manche, irresponsable et innocent, etc.

– C'est moi qui lui tiendrai le boniment, assurai-je.

Là-dessus, un remous se produisit sur le trottoir, dans la perspective du boulevard. Un crieur de journaux montait la côte au pas de course. Hélé de-ci, de-là, il gueulait : « Spéciale », tout en bazardant sa camelote. Il ajoutait une phrase, mais le bruit du moteur qui tournait nous empêchait d'en comprendre le sens.

– Je me demande ce qu'il a à s'époumoner comme ça, fit Albert, inquiet.

– Il devrait garder un peu de souffle pour ce soir, ricanai-je. Il en aura besoin.

Entre-temps, le gars était parvenu à notre hauteur. Jc lui achetai un journal, le dépliai et, tout de suite, les titres gras, d'une encre encore humide, nous sautèrent aux yeux :

Sanglants événements au cours de la grève des mineurs. – La foule des grévistes, n'obéissant pas aux sommations, la troupe s'est vue dans l'obligation de faire usage de ses armes. – Premier bilan : quatre morts et de nombreux blessés...

Parmi les morts, figurait une fillette de dix ans, « *dont*

on s'expliquait mal, disait l'article, *la présence au milieu des grévistes, à moins que des meneurs n'aient cherché à se faire un bouclier de la pauvre enfant...* »

– Les salauds! gronda Paul, qui s'était penché sur la séparation et lisait par-dessus mon épaule. Les salauds! Bouclier ou non, ils ont tiré...

– Y a pas la photo de la môme? demanda Marcel.

– Non, dis-je. Pas de photo.

– Mais pour ce que je pense, c'est comme s'il y en avait, grogna Albert. Je veux dire que je n'ai pas besoin d'un croquis pour comprendre. Visez l'entrefilet de dernière heure. Il est triomphal. Après le massacre, les pourparlers, interrompus depuis plusieurs jours, ont repris. Le travail va suivre, c'est couru. Ils sont battus...

– C'est toujours du kif en pareil cas, émit sentencieusement Marcel. Il y a un mois que ça dure. Plus un rond et, maintenant, des pruneaux...

Il se mit à fredonner *Le fusil Lebel.*

– Alors, bégaya Paul. On continue?

Je le sentais frémissant comme moi. Ça ne lui aurait pas plu que je dise non. Et je ne voulais pas abandonner non plus.

– On continue. S'ils n'ont plus un rond...

Albert m'interrompit en s'agitant :

– Les v'là!

– *Adelante!* m'écriai-je. Et pense à la môme, Marcel. Dans sept ans, si ces porcs ne l'avaient pas butée, qui sait? tu aurais pu te l'envoyer, peut-être. Que le plomb qu'elle a dans son bide te mette du cœur au tien.

Marcel éructa un abominable blasphème. L'auto bondit.

Elle n'avait que quelques mètres à parcourir. Ce fut l'affaire de trois secondes, mais pendant lesquelles mon crâne se transforma en volcan. Je pensai que je me foutais peut-être pas mal des revendications des mineurs, de leur lutte et de l'issue de celle-ci, victoire ou défaite. Cela n'avait jamais été moins confus qu'à ce moment, me sembla-t-il. Si les soldats avaient mitraillé cette môme huit jours plus tôt, l'expédition présente, à laquelle je tenais tant, aurait été différée, sinon rejetée. J'étais comme Marcel, en ce qui concernait cette môme. J'aurais aimé contempler sa photo, savoir qu'elle était belle. Elle devait être belle, il le fallait. Avec sa pauvre petite robe, sa pauvre petite robe de pauvre, décorée de jolies taches de sang, elle était étendue, les jambes écartées, sur un tas de charbon, des scories dans ses cheveux blonds, son ventre de vierge pénétré d'une semence de mort, chaude et coupante, lancée par des trouffions gorgés de gnôle. Elle avait dix ans. J'aurais aimé avoir dix ans. La vie était dégueulasse. Ça se confirmait chaque jour. J'aurais aimé avoir dix ans. Je ne sais pas pourquoi, mais j'aurais aimé avoir dix ans. Un immense désir d'avoir dix ans. La vie était dégueulasse, c'était un ignoble et affreux engrenage, et nous contribuions tous à en perpétuer la dégueulasserie. La soldatesque était dégueulasse et nous aussi. Cochons sanglants, de part et d'autre. Une incoercible envie de vomir me monta des tripes et je sautai de l'auto, le revolver au poing et aux lèvres un sourire susceptible de provoquer d'un bloc l'avortement de tout un bataillon de femmes grosses.

***

Le fourgon à fenêtres grillagées qui venait de déboucher de la rue transversale était coincé par notre voiture. Albert avait manœuvré au poil, fonçant d'abord, puis effectuant un tête-à-queue sensationnel, de quoi nous envoyer tous valser, mais Albert y tâtait. Maintenant, nous disposions de la route la meilleure, la voie était libre sur notre chemin de fuite et le fourgon était coincé. Le chauffeur, s'imaginant avoir affaire à des novices en l'art de conduire ou des ivrognes, avait freiné et stoppé pour éviter un accident, lorsqu'il avait vu l'auto venir sur lui. Sa bouche, prête aux injures, n'en laissa échapper aucune et se tordit en un rictus hébété. Sur son visage, la colère fit place à la peur. Il comprit, mais trop tard, qu'il se trouvait devant un coup de main. Lui et le fric qu'il transportait étaient coincés. Albert, toujours au volant de notre bagnole, le tenait dans l'axe d'un Mauser automatique dont la gueule camuse pointait sous le pare-brise relevé. Je ne voyais plus Albert, mais je savais que sa main gauche continuait à pianoter. Marcel, protégeant notre action, à Paul et à moi, avait fait s'immobiliser les rares témoins de notre mignon numéro de music-hall. Le doigt sur la détente de la mitraillette, l'œil mauvais il les maintenait en respect.

Suivi de Paul, je courus vers l'arrière du fourgon. Brutalement, la porte s'ouvrit et je manquai recevoir le battant en pleine pêche. Ils étaient deux là-dedans. Un individu grisonnant, vêtu d'une sorte d'uniforme lustré aux coudes, et un autre citoyen d'aspect plus prospère, la moustache aussi soigneusement taillée que ses vêtements.

Je fus attiré par les yeux de ce dernier personnage; ils me rappelaient vaguement quelqu'un. A notre vue, le petit vieux râpé, compréhensif, leva les mains. L'autre imbécile, qui brandissait un feu, le traita de lâche. Il se croyait malin et voulait nous administrer une leçon.

– Écoutez, camarades... commença Paul, voyant que je ne disais rien.

Il s'imaginait dans une réunion publique. Le type bien sapé, respectueux des usages, apporta la contradiction qu'exigeait son début de discours. Une détonation retentit et Paul manqua prendre la dragée en un endroit sensible. Un second claquement et j'esquivai à mon tour le projectile, j'ignore comment.

– Béni sois-tu, foutu bâtard, ricanai-je.

Il me facilitait le boulot et je fis donner l'artillerie. Ma main, mon bras tressautaient avec volupté; la bande de munitions, en se déroulant, me caressait doucement le poignet. Le petit vieux qui tenait les mains en l'air les abattit soudain avec un sourd gémissement et les porta à ses jambes. Il venait d'écoper. Je n'en avais pas particulièrement après lui, mais j'arrosais l'intérieur du fourgon avec une frénésie rageuse. Il était inévitable qu'il écopât. Le bruit des coups de feu, amplifié par cette sorte de caisse de résonance, me saoulait. Et quand ça commença à puer la poudre, la fumée, le fer chaud et le sang, j'y voyais double. Le type bien vêtu, aux yeux familiers, s'était écroulé dans un coin, recroquevillé, et je lui balançai encore deux balles dans la région des reins, en prime. S'il en réchappait, je l'engageais vivement à apporter son costume au stoppeur, car il me donnait l'impression de ne plus n'être qu'une succession de trous, avec quelques fils autour, pour faire décoratif.

Les deux types tenaient vraisemblablement les sacoches sur leurs genoux, lorsque nous étions intervenus. Elles gisaient maintenant sur le plancher du fourgon, étoilées de taches sanglantes. L'une d'elles s'était ouverte et le fric s'offrait. Je raflai le butin en vitesse, en donnai une partie au bossu et nous rejoignîmes notre voiture.

– Trissons, haletai-je. Tout cela a pris un temps... un temps... Je croyais que ça ne finirait jamais...

L'auto démarra. Marcel sauta sur le marchepied. A ce moment, d'autres coups de feu claquèrent. Alertés, des flics rappliquaient avec l'intention d'organiser une fantasia. Déjà à moitié dans la bagnole, Marcel poussa un cri et roula sur le trottoir. En tombant, il appuya sur la détente et l'arme se vida de toute sa charge de plomb.

– Attrape Marcel! gueulai-je.

Albert fit marche arrière, revint auprès du corps. J'introduisis un second pétard dans la danse pour couvrir la manœuvre. Paul ouvrit la portière, se pencha et agrippa le copain par la ceinture, sans se soucier de lui meurtrir ou non la peau. Ses ongles se rougirent lorsqu'ils labourèrent les chairs.

– Le coussin!

Paul jeta hors de la voiture un petit paquet informe. Ça, c'était une astuce pour bluffer les flics.

– Et maintenant, fonce!

L'auto parut voler. Un flic, qui tentait de nous barrer la route, réfléchit à la dernière seconde qu'il n'était pas encore mûr pour récolter la Croix des Braves à titre posthume et s'écarta avec des grâces de torero. Au passage, toutefois, il nous salua de son revolver. Le triplex s'étoila et ça fit ploc! sur la carrosserie, sans autre mal.

Albert ressemblait à une statue de bronze. Le pied sur l'accélérateur, les mains gantées crispées sur le volant, farouche et comme figé, il faisait corps avec la machine. Des tournants furent pris dans un feulement rageur de pneus. Je m'imaginai la voiture sous l'aspect d'une bête féroce.

Par le voyant arrière, Paul surveillait la route. Une auto avait tenté de nous poursuivre, puis avait abandonné. Maintenant, nous roulions dans la campagne, à une allure folle, sans personne sur nos traces.

Je me passai la main sur les yeux :

– Bon Dieu! Que ça a été long! dis-je.

– Non, dit Albert. Tout s'est déroulé très rapidement.

– Ça m'a paru interminable, répétai-je. Peut-être parce que, en quelques secondes, j'ai fait un boulot de plusieurs mois.

– Ça a bardé, hein?

– Une vraie boucherie, di Paul, sur le ton neutre de la constatation pure et simple.

J'allumai une cigarctte. Une vraie boucherie, oui. Et ça ne faisait que commencer.

II

MARCEL

Nous traversâmes deux petites agglomérations. Si le télégraphe avait fonctionné, nous ne décelâmes rien de suspect dans ces deux endroits. Nous les traversâmes à une allure modérée, pour ne pas attirer l'attention. C'était seulement sur la route, et lorsqu'elle était déserte, qu'Albert écrasait le champignon. A cette vitesse, nous serions bientôt chez Duval.

Marcel s'était évanoui. Il était allongé sur le tapis-brosse. Paul, embarrassé de ses pieds, s'était accroupi sur la banquette, les sacoches volées garées le plus loin possible, dans un coin. Il s'agissait de ne pas souiller de sang les billets qu'elles contenaient.

Nous n'étions pas sortis de la bagarre en trop mauvais état. Paul présentait une tache suspecte à son pantalon, mais c'était tout. Je n'aurais pas cru qu'il fût possible d'accomplir une aussi sanglante besogne à si peu de frais, sans presque se salir. La tache du pantalon de Paul provenait du sang de Marcel. Avoir prévu, toutefois, un changement de costumes n'était pas une précaution inutile.

Je sautai la séparation et examinai Marcel.

Pour autant que je pouvais en juger, sa blessure ne semblait pas devoir mettre ses jours en danger. Je m'attardai sur le visage de Marcel. Je détestais de plus en plus cette gueule de bellâtre. Encore que douloureuse et un peu fatiguée par les émotions récentes, elle ne laissait pas d'être séduisante. Je parcourus Marcel du regard, des pieds à cette tête que j'exécrais.

Son corps harmonieux, comme celui d'un dieu blessé, méritait les soins attentifs et inquiets d'une amante. Je la voyais lui souhaiter un doux bonsoir en effleurant ses lèvres fiévreuses. Les cheveux de la fille lui caressaient les joues. Je ne croyais pas en la Providence et pourtant il y en avait une, sans cela, de nous quatre, ce n'est pas Marcel qui eût écopé. J'ignorais comment tout cela se terminerait, mais un point était acquis : Marcel avait écopé.

– C'est grave? interrogea Paul.

Inconsciemment, j'avais adopté des allures de toubib et le bossu s'y laissait prendre.

– Oui, dis-je.

J'ajoutai, à l'adresse d'Albert :

– Deux ou trois kilomètres avant d'arriver chez Duval, il existe un petit bois, sur la gauche. On va s'y rendre.

Quelque chose d'important m'y réclamait.

***

En cahotant, l'auto s'engagea dans le sentier. Les basses branches des arbres fouettaient la carrosserie. Un lapin fuit devant nos roues. Des oiseaux chantaient. Albert stoppa au plus épais du boqueteau. Par une minuscule échappée entre les troncs, on apercevait une prairie semée de fleurs. L'endroit était désert et comme à cent lieues de toute habitation.

Nous descendîmes de voiture. Marcel avait remué faiblement, mais j'assurai que ce n'était rien. L'important était ce que j'avais à leur dire.

Nous nous assîmes sur des souches et j'allumai une cigarette.

– Rien ne s'est passé selon nos prévisions, dis-je. Nous avons le pognon, ce n'est déjà pas mal, mais rien ne s'est passé selon nos prévisions. L'éternel écart entre la théorie et la pratique s'est vérifié une nouvelle fois. Nous devions tenir un discours aux types, leur expliquer la signification de notre acte, leur démontrer que, pour quelques misérables billets par mois, ils n'allaient pas défendre les millions de leur patron. Tout devait se passer sans casse. Nos armes n'étaient là que pour effrayer... Nous n'avons pas pu placer un mot. Un des types du fourgon a commencé la bagarre. De ce côté-là, nous n'avons pas eu de veine. Le vieux aurait certainement été sensible à nos arguments. Il n'a d'ailleurs opposé aucune résistance. Ça ne l'a pas empêché de prendre sa dose. La vie est dégueulasse. Il ne méritait pas une purge et pourtant il l'a prise. C'est la faute de l'autre type qui s'est cru mariolle, avec son soufflant. Tout devait se passer sans casse et je n'ai jamais vu pareille corrida...

Je jetai mon mégot et mâchonnai un brin d'herbe :

– ... Comme tout devait se passer sans casse, poursuivis-je, nous ne pensions pas avoir des blessés. Nous en avons un : Marcel. C'est-à-dire que nous sommes foutus. Si nous transformons la bagnole en ambulance et nous autres en infirmiers, nous sommes bons comme la romaine. Et pour des haricots, car sa blessure est grave. Il est condamné.

C'était le mot juste.

– Alors? fit Albert.

– Il est condamné et il nous condamne avec lui. Le copain toubib, qui d'ailleurs ne le sauverait pas, demeure en ville. Vous savez comment nous devons rentrer en ville. Avec ce fardeau, nous n'y parviendrons pas et nous serons cuits.

– Il est vraiment condamné? demanda Albert.

Son cerveau pesant commençait à remuer.

– Je sais de quoi je parle. Il ne s'en sortira pas, dis-je.

Pour savoir de quoi je parlais, je le savais.

– Alors? répéta Albert.

Je crachai dans l'herbe et allumai une nouvelle cigarette.

– Je vais l'achever, articulai-je. Et on se débarrassera du corps. Personne ne viendra le chercher dans ce bois.

– Nom de Dieu! jura Albert. C'est un drôle de truc.

– C'est peut-être un drôle de truc, mais la vie est dégueulasse. Elle a ses exigences. Le vieux du fourgon n'aurait pas dû écoper. Il a écopé tout de même. Si nous continuons à trimballer Marcel, nous sommes foutus.

– Nom de Dieu de nom de Dieu!

Il regarda Paul. Le bossu, jusque-là silencieux, hocha la tête et dit :

– Jean a raison.

J'aimais bien Paul. Et il m'aimait bien aussi. Surtout depuis le jour où je lui avais dit que les femmes étaient toutes des vaches ou des putains.

Je quittai la souche, jetai mon mégot, l'écrasai sous ma

semelle et me dirigeai vers l'auto. A mon approche, Marcel souleva les paupières. Une grande fatigue se lisait dans ses yeux. Il avait perdu beaucoup de sang. J'étais heureux qu'il soit revenu à lui.

– Écoute, vieux, murmurai-je, d'une voix douce. La situation n'est pas fameuse. Je... nous en sommes réduits à une extrémité qui me répugne, mais... Tu étais bien dans le coup pour qu'on réussisse, n'est-ce pas? Tu ne voudrais pas qu'on échoue, hein? Tu es blessé et salement. Aucune chance de t'en tirer, mon pauvre vieux. Alors...

Je sortis mon Colt :

– Tu ne souffriras pas, dis-je. Et je t'épargnerai une lente agonie. Tu étais un bon copain, Marcel. Pense à toutes les filles que tu as eues. A leurs seins, à leurs cuisses, à tout le bastringue et aux joies qu'elles t'ont données...

Je me demandais où j'étais allé chercher cette voix. Un vrai miel. J'en avais la bouche poisseuse. J'y tâtais, pour la consolation. L'évocation des plaisirs amoureux qu'il ne goûterait plus l'affola. L'effroi et le désespoir envahirent ses yeux.

– Jean... Jean... balbutia-t-il. C'est vrai?... Je suis foutu?

Je jetai un rapide regard circulaire. Albert et Paul étaient assez loin. Ils ne pouvaient pas m'entendre. Je me penchai. Ma voix se fit plus douce encore. Je n'aurais pas cru cela possible.

– Non, mon vieux, tu n'es pas foutu. Mais tu l'es tout de même. Tu pourrais t'en tirer, mais je ne le veux pas. C'est fini pour toi, les belles gonzesses. Je vais te buter.

Brusquement, il réagit. Il réunit toutes ses forces,

poussa un hurlement rauque et rua comme une bête à l'agonie. Je pris ses targettes en pleine poitrine, mais tirai avant de ramasser le gadin. Les oiseaux désertèrent le petit bois à tire-d'aile.

Je me relevai en me frictionnant le buffet. Je n'avais pas lâché le Colt. Je le glissai tout chaud dans ma poche. Albert et Paul s'étaient approchés.

– Il est mort, fit Albert, après un coup d'œil à l'intérieur de la voiture et histoire de secouer ce que l'atmosphère avait de pénible.

– Il ne semble pas avoir pris ça du bon côté, opina Paul.

– Il a pris les pruneaux, et, de quelque côté que ce soit, c'est l'essentiel, tranchai-je.

La sueur me salait les lèvres. Je m'épongeai.

– ... Ça manquait d'agrément, mais il le fallait.

– Qu'en fait-on, maintenant?

– J'ai repéré un trou dans les fourrés, dit Albert. On pourrait le jeter dedans et le recouvrir de terre.

– Nous n'avons pas de pelles.

Albert jura.

– Sortons-le toujours de la bagnole, dis-je.

Paul tira le cadavre par les pieds. Il lui fallut lui imprimer quelques secousses successives pour l'extraire entièrement de la voiture. On aurait dit que Marcel ne voulait pas la quitter. Ses bras étaient disposés de telle façon qu'il resta un court moment engagé dans l'ouverture. Enfin, il tomba à terre avec un sale bruit. La tête heurta le marchepied.

– Fais-moi voir ce trou, dis-je à Albert.

Je le suivis à l'intérieur du boqueteau. Il écarta des broussailles devant une excavation naturelle qui exhalait déjà un puissant relent de pourriture. Marcel serait là comme chez lui.

– On va le jeter là-dedans, décidai-je. On l'ensevelira du mieux possible sous des souches et des feuilles. Ça suffira, comme précautions. L'endroit n'a pas l'air très fréquenté.

Nous revînmes auprès du corps. Paul avait fouillé les vêtements et fait un petit tas du contenu des poches. Il restait là, les bras ballants, la tête curieusement penchée, écrasé par sa bosse, tout drôle. Il m'avait approuvé, pourtant. Je lui mis la main sur l'épaule.

– C'est affreux, dis-je, mais c'est comme ça. Nous ne devons courir aucun risque... Tenez, les gars, ajoutai-je, nous ne sommes pas des fillettes, n'est-ce pas? Je vais vous dévoiler le fond de ma pensée. C'est un bien que soit arrivé à Marcel ce qui lui est arrivé, la blessure et... ses conséquences. Oui, c'est un bien qu'il ait été liquidé dès notre première affaire. Avec sa passion des filles, il nous aurait donnés tôt ou tard, volontairement ou non. Les oreillers sont mauvais conseilleurs.

– Parlons plus de ça, coupa Albert. Attrape-lui les pieds, Paul.

L'infirme se secoua et s'apprêta à obéir. Je fis claquer mes doigts.

– Un moment, m'écriai-je. Marcel avait des sapements. Il me l'a dit. Les poulets possèdent ses empreintes et sa photo. Le hasard peut le faire découvrir plus tôt qu'il n'est désirable. Il faut le rendre inidentifiable...

J'écartai Paul, saisis le mort aux chevilles et le traînai sur le sentier où je le disposai en travers, les mains croisées sur le ventre. Ensuite, je montai dans l'auto. Albert, intrigué, me demanda ce que j'allais faire. Il ne fallait pas qu'il remarque la flamme qui brûlait mes yeux. Je baissai la tête.

– Une opération horrible, mais nécessaire, chuchotai-je, l'air contrit.

Je mis en marche et commençai à écraser lentement la tête et les mains du cadavre.

III

RETOUR

Nous nous débarrassâmes de l'auto, comme prévu, dans une rivière proche de la maison de Duval. Il existait là un garage aquatique, tout ce qu'il y avait de perfectionné, et offrant le maximum désirable de garanties de sécurité. La bagnole convenablement immergée, nous gagnâmes à travers champs le domicile de Duval, distant d'à peine un kilomètre.

Duval exploitait un vague relais de rouliers et camionneurs, à un carrefour désertique qui devait prendre au crépuscule les couleurs d'un coupe-gorge agreste genre auberge de Peyrebelle. Mais Duval, paraît-il, était très bien considéré des fermiers de la région. C'était un ancien copain et, pour l'heure, il nous aidait. Sans atteindre la grosse fortune, il avait mieux réussi que d'autres, voilà tout, et il essayait de se le faire pardonner de mille manières. Il y a comme ça des types qui ne croient pas que leur soit jamais dû le pain qu'ils mangent.

Il savait par où nous devions venir et il nous attendait à la porte de derrière de sa bâtisse, les mains triturant nerveusement les bretelles de sa salopette tachée d'huile.

– Alors, fit-il, ça y est, hein? J'ai appris ça par la radio.

Je vous croyais poissés. La radio ne le disait pas, mais c'est justement de ce qu'elle ne dit pas qu'il faut se méfier. Vous êtes un peu à la bourre, mais il n'y a pas de mal.

– Un copain a été ratatiné, dis-je. Il a fallu le planquer. Ça nous a pris du temps.

– Y a pas de mal, répéta-t-il.

Il ne désirait pas de plus amples explications. Moins il en savait, mieux ça valait. Il était déjà suffisamment dans le bain. Il ajouta à mon adresse :

– Celui qui doit te ramener ne sera là que dans une demi-heure... Entrez.

– Que dit la radio? demandai-je, une fois à l'intérieur, et désignant le poste.

Pour le moment elle ne disait rien. Elle chantait. Une vedette à la guimauve détaillait :

C'est par vous que je meurs,
mon amour, ma jolie...

Une chanson à la noix, mais qui me remuait. C'est par vous que je meurs! J'avais dit cela, une fois, à Gloria. Je lui avais dit : C'est par toi que je mourrai... Gloria! Merde! Je me dirigeai vers l'appareil et en tournai les boutons moletés, coupant le sifflet au chanteur de charme.

J'allumai une cigarette et m'assis à la table sur la toile cirée de laquelle des culs de bouteilles et des verres avaient dessiné des cercles violâtres. Des mouches s'y abreuvaient avant d'aller s'engluer sur un papier suspendu à cet usage à l'abat-jour de l'ampoule électrique. Une fois prises au piège, on les entendait battre des ailes avec fureur.

– Pas d'autre bulletin d'informations avant cet après-midi, fit notre hôte. Mais il y a à peine un quart d'heure, ils racontaient pour la nième fois l'affaire tout au long.

– Que disaient-ils?

Il hocha la tête.

– Ça a bardé, hein?

– On leur a donné ça. C'étaient des récalcitrants. Pas compréhensifs pour un rond...

– Un mec est mort. Il occupait un poste important à la direction de la boîte. L'autre, un subalterne, est vachement attigé, mais s'en tirera, croit-on.

– Nous supposions les avoir butés tous les deux... *C'est par vous que je meurs*, fredonnai-je... Ils ne m'intéressent pas, ajoutai-je. Que dit-on de nous?

– On vous a déjà vus aux quatre points cardinaux... C'est de bon augure.

– Signalés par ici?

– Plus ou moins et au même titre qu'ailleurs. Rien de grave. La police nage et les renseignements contradictoires ne lui faciliteront pas le boulot. Surtout avec les signalements qu'on a de vous.

– Quel genre de signalements?

– Le genre vaseux. Un grand, un petit, un faux bossu...

– Le coup du coussin a pris, dis-je, en échangeant un regard avec Paul.

J'étais content de mon stratagème. J'ôtai mon veston.

– Tu flanqueras tout ça dans le feu. File-nous les autres vêtements.

Duval alla à une armoire métallique fermée à clef, l'ouvrit et en tira trois complets très différents de ceux que nous portions. A vrai dire, le coffre recelait quatre costumes, mais nous n'avions plus l'usage de l'un d'eux. Nous nous changeâmes rapidement, tout en discutant. Les flics nageaient, c'était l'essentiel. Règle générale, tout le monde était désorienté par la sauvagerie du coup de main.

« Nous n'avons pas voulu cela, dis-je, pour apaiser les éventuels scrupules de Duval. Mais ce qui est fait ne peut être défait.

– Évidemment, convint-il. Voulez-vous bouffer un morceau? »

La collation expédiée, j'examinai le contenu des sacoches. Beaucoup de billets neufs. Trop. Ça ne me plut pas. Je colloquai quelques billets usagés à mes compagnons. Paul devait rester un certain nombre de jours en « subsistance » chez Duval. Il était trop voyant, avec sa bosse. Le coup du coussin avait pris, comme il n'avait pas pris. Il ne fallait pas croire tout ce que racontaient les flics. Albert, par un système compliqué de chemins de fer, rallierait tout seul la capitale. Moi, je devais attendre un camion.

Il arriva peu après, fit le plein d'essence. Le conducteur avait une relative bonne bouille. C'était un copain.

« V'là le passager, lui dit Duval. Il travaille avec toi depuis ce matin.

– Compris, fit l'autre. Alors, mon pote, t'es convoyeur?

– Il paraît, dis-je.

– T'as jamais charrié du ciment, hein? »

Il était fier de ses muscles. Il en avait plein les bras que c'en était moche. Rien que des boules mobiles. Je m'étais débarrassé de mon veston. Mes bras maigres faisaient inoffensifs. Je n'avais jamais charrié du ciment? Si, j'avais coltiné du ciment, et du soufre, et du charbon, voici quinze ans, et j'avais plié sous le faix, zigzagué au milieu des rires. Depuis, je portais sur mes épaules quelque chose de plus lourd, je ne savais quoi, mais, bon Dieu! que ça pesait!

« Pas costaud, non, reconnus-je laconiquement.

– Il faut de tout pour faire un monde, dit-il. »

Je dissimulai la vaste serviette de cuir, celle que je trimballais depuis le matin, et dans laquelle nous avions rangé le contenu des deux autres, parmi le chargement du camion. Ensuite, je dis au revoir aux copains, m'installai sur le siège à côté du chauffeur et nous démarrâmes.

Le soleil tapait dur et nous cuisions littéralement dans la cabine. La sueur dégoulinait du visage de mon compagnon sur ses biceps. Je n'étais pas plus sec. Une tache humide s'élargissait sous chacune de mes aisselles. J'avais posé mon veston plié sur mes genoux. Ma main droite serrait dans une poche la crosse du Colt, à toute éventualité.

A quelque chose près, nous refîmes en sens inverse le chemin déjà parcouru au cours de notre fuite. Le chauffeur n'était guère bavard. Je me demandais ce qu'il pensait d'un paltoquet comme moi.

A proximité de la ville, trois motocyclistes de la police de la route nous hélèrent. Leurs casques d'acier étincelaient sous le soleil. Ils perdaient leur graisse dans leur uniforme foncé. L'un d'eux, un gradé, avait déboutonné son col. Ils ne respiraient pas précisément la gentillesse. Je serrai plus fortement mon revolver.

Mon compagnon freina, les pneus raclèrent le sol et nous stoppâmes dans un nuage de poussière. Le flic au col dégrafé s'approcha, la main levée. Incliné sur sa machine, un pied à terre, il demanda :

« D'où venez-vous, les gars? »

Le chauffeur prononça le nom d'une localité et produisit tous les papiers nécessaires à justifier ses dires. Il le fit de l'air d'un qui est habitué à en voir de vertes et de pas mûres, au cours de ses déplacements.

« Que se passe-t-il? interrogea-t-il, en repliant les documents que l'autre lui rendait.

– Z'avez pas croisé une auto comme ceci et cela? fit le flic, donnant, en guise de réponse, un signalement plus ou moins exact de la bagnole qui séjournait au fond de la rivière.

– Non. Qu'est-ce qu'elle a fait?

– Des gangsters. Ils ont barboté la paye des ouvriers des usines Folk, en tuant deux employés...

– Eh ben! vrai! m'exclamai-je. Y en a qui s'emmerdent pas.

– Ils emmerdent les autres, conclut le flic. Alors, comme ça, vous n'avez rien remarqué de suspect?

– Non, rien de suspect.

– Pouvez aller, fit le flic, avec un geste libérateur. Salut!

– Salut! répondit le chauffeur en touchant sa casquette.

– Salut! dis-je en décollant ma main de la crosse du Colt.

Nous repartîmes.

Le chauffeur évitait mon regard. Il fixait la route. Il se passait une grosse langue sur ses lèvres épaisses, recueillant aux commissures les énormes gouttes de sueur qui, du front et par les ailes du nez, lui inondaient la bouche.

Je n'étais pas en meilleur état. Ma chemise collait à ma peau. Nous n'échangeâmes pas une parole jusqu'à notre arrivée en ville.

Il me déposa dans une rue déserte. Je récupérai ma précieuse sacoche et lui dis au revoir. Il secoua la tête. Il transpirait toujours et quelques gouttes m'aspergèrent.

« J'aime mieux pas, camarade, souffla-t-il, avec un sourire jaune. J'aurais pas cru que ce soit si dur. Vois-tu, camarade, j'aime encore mieux mon sacré pouilleux de boulot. C'est duraille aussi, mais pas dans le même genre...

– Il faut de tout pour faire un monde », ricanai-je.

Un acte de banditisme d'une sauvagerie inouïe a été commis ce matin, en banlieue ouest. Le fourgon spécial apportant la paye des ouvriers des Usines Folk, estimée à cinq millions, a été attaqué à proximité de l'usine par quatre hommes qui, depuis un moment, attendaient à bord d'une auto de couleur brune.

Il semble que le chauffeur des bandits soit ce qu'on nomme communément un « as du volant ». La manière employée pour bloquer le fourgon dénote autant de maîtrise et d'habileté que de sang-froid et d'audace.

Cependant que le chauffeur de l'auto brune couchait en joue le conducteur du fourgon, trois hommes se précipitaient hors de la voiture. Le premier, armé d'une mitraillette, immobilisait sous la menace les rares témoins de l'agression. Les deux autres, pistolets automatiques aux poings, se ruaient à l'assaut du fourgon et commençaient immédiatement une fusillade nourrie contre ses occupants : MM. Bernard et Lebas.

M. Bernard, grièvement blessé aux jambes, survivra certainement à ses blessures, mais restera estropié toute sa vie. M. Lebas, attaché à la direction des Usines Folk, a été littéralement haché de balles. Le médecin légiste a constaté les traces de plus de vingt projectiles.

La police, survenant, a ouvert le feu à son tour, atteignant celui des gangsters qui maintenait les passants en respect. Il est parvenu toutefois à se hisser dans l'auto et à fuir avec ses complices.

On ne possède pour ainsi dire aucun signalement des gangsters. Les témoins du drame n'ont pas été sans remarquer que deux des bandits portaient veston et cravate, alors que leurs compagnons étaient quasi torse nu. Cet appareil vestimentaire trahit, de l'avis des enquêteurs, un besoin de dissimulation de tatouages trop voyants chez l'un des criminels, et un maquillage physique chez l'autre. En effet, celui-ci paraissait affligé de gibbosité, mais, dans la fuite précipitée et le mouvement qu'exigea le sauvetage du gangster blessé, une sorte de grossier coussin a chu sur la chaussée. Vraisemblablement une fausse bosse, destinée à égarer les recherches. L'homme que l'on suppose trop tatoué pour se dévêtir sans danger est le tueur de la bande, celui qui s'est acharné sur MM. Bernard et Lebas. Cet individu sanguinaire offre une apparence frêle et juvénile du meilleur aloi. Mme Berger, qui croisa la voiture des bandits peu d'instants avant l'attentat, assure qu'il débordait de bonne humeur et que jamais elle n'aurait pensé que ce jeune homme si gai s'apprêtait à commettre un acte aussi abominable. Un autre témoin lui a entendu dire, au moment de l'action : en avant en espagnol. Adelante! *A-t-on affaire à des étrangers? Des pistoleros? Certaines munitions ramassées sur le lieu du crime confirmeraient cette hypothèse. Les experts estiment qu'elles proviennent d'un modèle ibérique.*

L'émotion...

IV

CUCARACHA

Je lus un récit identique, à d'insignifiantes variantes près, dans plusieurs journaux, en me rendant au siège. L'émotion était à son comble, évidemment, on n'avait jamais assisté à rien de pareil, mais la police ferait son devoir, on pouvait compter sur elle, et diverses pistes étaient d'ores et déjà envisagées, bien entendu, comme d'habitude. Notre bagnole, certainement sortie toute seule de son trou de rivière, était signalée un peu partout. Un inoffensif automobiliste avait même essuyé les coups de feu de la police de la route, très exactement à l'opposé de la région vers laquelle nous avions fui. Certains reporters, faisant montre de mémoire et d'accidentelle intuition, rappelaient l'affaire Bonnot.

Règle générale, il me parut que ce qui chagrinait surtout les journalistes, davantage encore que le sauvage assaisonnement de Lebas... (A propos, il me plaisait de savoir qu'il s'appelait Lebas. Non que ce patronyme m'inspirât une répulsion particulière. Mais j'étais content de le connaître. Lebas, Lehaut, Lecentre, je m'en foutais. L'important était qu'il portât un nom. Tuer un type anonyme ne produit pas le même effet. C'est moins concret. J'aimais le concret.) Pour en revenir à ces sacrés journalistes, à qui j'allais fournir tellement de copie qu'ils ne pourraient faire moins que m'élever un monument, un de ces quatre, ils ressentaient comme une injure personnelle que j'aie réussi à emporter le magot. Mon cynisme devait les dépasser. Ils étaient marrants! S'imaginaient-ils que j'avais organisé l'entreprise, procédé à un tel carnage, pour laisser le pognon réintégrer le coffre des usines Folk? Et s'ils avaient su ce que j'en voulais faire, du pognon, c'est pour le coup qu'ils auraient été soufflés!... Toutefois, avec un ricanement des trente touches du clavier de la machine à écrire et un frémissement goguenard du stylo, ils annonçaient, pour se consoler de l'envol des cinq millions, que la plupart des numéros des billets de banque étaient connus. Il ne fallait pas croire tout ce que racontaient flics et journalistes; mais, sur ce point, ils ne bluffaient certainement pas. Cette abondance de billets neufs ne m'avait jamais inspiré confiance.

***

Les membres du Comité étaient assis autour de la misérable table de bois blanc. L'endroit dégageait un relent d'humidité et d'encre d'imprimerie. De l'atelier voisin parvenait le ronronnement de deux machines à pédales sur lesquelles on tirait le journal de l'organisation. Une ampoule électrique anémique, collée au plafond, répandait une parcimonieuse lumière. Avec sa barbe et son vaste front dégarni, celui que nous appelions Christ ressemblait de plus en plus au Nazaréen. Mais aucune résignation ne se lisait dans ses yeux et ce n'était pas précisément un apôtre de la non-violence.

« Voici le fric, annonçai-je, en déposant la serviette sur la table.

– Comment ça s'est passé? demanda Christ. J'ai vu les journaux. Pas tout seul, hein?

– Contrairement à tous nos espoirs, même. Le nommé Lebas a ouvert le feu le premier. Paul et moi ne pouvions faire autrement que riposter. Il m'a rendu enragé. En outre, Marcel est mort. Grièvement blessé par les flics... »

J'expliquai l'affaire.

« Je me demande, articula quelqu'un, si on a bien fait de suivre ton idée. Renouer avec la tradition de l'illégalisme!... Enfin, ce qui est fait est fait...

– Le fric est là, dis-je, en manière de justification. Les mineurs ont été saignés et sont prêts à se soumettre. Mais, avec ça, ils pourront tenir. On a quelqu'un pour le leur apporter?

– Un copain à nous, qui participe au mouvement, sera ici dans une heure, dit Christ. Il sait d'où provient l'argent, mais il est préférable qu'il ne te connaisse pas...

– A propos, ce copain qui m'a chargé, chez Duval, il est sûr?... Il avait la trouille et ne recommencerait pas pour un empire, j'aime mieux te le dire. J'espère que, malgré sa trouille, il la bouclera.

– Certainement, dit Christ. Les deux tiers de ces biftons sont inutilisables, hein? » ajouta-t-il en défaisant les courroies de la sacoche, et répandant les billets de banque sur la table.

Quelques-uns s'échappèrent des liasses et atterrirent en planant sur le sol de terre battue.

« ... Numéros relevés... »

Il sortit de sa poche un des rares journaux que je n'avais pas achetés. La première page ne comportait exclusivement que des chiffres. Christ les compara avec ceux de certains billets neufs pris au hasard. Ils concordaient. Il fit un tas des billets neufs.

« A brûler, décréta-t-il, après avoir pris un conseil muet de l'assistance. »

Je ramassai deux gros billets.

« Je les conserve par fétichisme, expliquai-je. »

Leur contact crissant me rappellerait la mort de Lebas et de Marcel.

***

C'est un peu plus tard, sur les boulevards où j'étais allé me mêler avec volupté à la foule qui commentait mes exploits, que je m'aperçus qu'à part ces deux billets impossibles à passer et une menue monnaie insignifiante, j'étais fauché.

On avait un peu mélangé l'argent, chez Duval, lorsqu'il s'était agi d'en prélever une partie pour Albert et Paul, et mon pécule personnel avait dû prendre le chemin de la sacoche actuellement en la possession du Comité. Au Comité même, je n'avais réclamé aucune part du butin. L'idée ne m'en était pas venue. Et Christ et les autres n'avaient rien dit, croyant que je m'étais servi.

Je regardai l'heure. Il était trop tard pour retourner au siège, et puis, je me foutais pas mal de l'argent. Je représentais un gangster peu ordinaire, les sombres crétins qui circulaient autour de moi, me bousculant parfois, ignorant qu'ils coudoyaient le tueur dont la conduite sanguinaire révoltait les plus endurcis, l'apprendraient un jour.

Je m'aperçus de ma pauvreté, parce que j'eus faim. J'avais à peine touché à la légère collation offerte par Duval et je ne me souvenais pas avoir mangé la veille. Je mangeais peu, généralement. Cette opération me répugnait. Je n'en avais jamais compris la nécessité. S'y livrer tout seul, furtivement, passait encore. Mais se réunir, entre inconnus, comme dans les salles de restaurants; ou entre amis et connaissances, dans ce qu'on appelle des banquets, des repas de famille, me paraissait le comble d'une grotesque obscénité. Le bruit des couverts et des mâchoires, les gueules animées d'un mouvement de mastication, les joues gonflées par les aliments et se creusant au fur et à mesure que la pomme d'Adam s'agitait, toutes les transformations physiques que subissaient les convives (je les voyais à vue d'œil grossir et maigrir), ce spectacle m'emplissait d'une rage méprisante et triste. Et pourtant... C'était à cause du tube digestif qu'éclataient des grèves, des émeutes... Je me souvenais d'un film où un morceau de viande pourrie, resplendissante de vers et grouillante d'insectes, était à la base d'une mutinerie. Mais tous, ne devaient-ils pas devenir semblables à cette ignoble barbaque qui, un instant, m'avait hypnotisé? Alors? La contemplation d'un mangeur en exercice m'emplissait toutefois d'une certaine aise. J'attendais l'*accident*. J'éprouvais une particulière volupté à guetter le liquide qui descend mal dans le gosier, la soupe trop chaude, les effets du poivre et de la moutarde, l'os qui blesse. J'adorais les fins de repas, lorsque les faces s'empourprent et qu'on procède à la séance d'extraction des débris alimentaires qui se sont sournoisement fixés entre les dents. Chacun y va avec les moyens de son bord, les uns utilisant un petit ustensile approprié, extrait d'une boîte de mica ou d'un étui; d'autres une allumette taillée; ceux-ci la pointe d'un couteau. Dieu! que c'était amusant et tragique, et dégueulasse, de manger au vu et au su de tout le monde. Non! rien ne me semblait plus démoralisant et tristement obscène, et je différais d'heure en heure l'instant de m'asseoir à une table. Je sautais des repas sans m'en apercevoir. La faim ne me gênait pas. Je savais ce que c'était. J'avais l'habitude. Je ne satisfaisais ma faim que lorsqu'elle me tenaillait trop profondément. C'était le cas. On dit que les émotions creusent. C'est bien possible...

Avant d'entrer dans un restaurant, en tâtant, par une vieille habitude instinctive bien connue des perpétuels purotins, le contenu de ma poche, je réalisai que j'étais sans un. Pourtant, il me fallait bouffer. La prudence la plus élémentaire me le conseillait. Je commençais à avoir la tête vague et ce n'était pas le moment de partir dans les pommes, avec les billets volés et le pétard que je trimbalais. Il ne fallait pas échouer au premier coup.

***

Fixée par deux punaises, la carte de visite portait en italique : *M. et Mme Frédéric Lorboit*, avec une faute d'orthographe. Lorbois s'écrivait avec un s, mais les imprimeurs des fêtes foraines ne sont pas à cela près. Quelque part à l'étage, un appareil de radio fonctionnait. J'appuyai sur la sonnette et déclenchai une série de borborygmes en même temps que la sonnerie. La porte s'ouvrit et Frédo parut.

« Tiens, bonsoir, Jean, marmonna-t-il. »

Il mastiquait et tenait une serviette de table à la main. Je pointai un doigt vers sa figure.

« Je vois que tu te gointres, rigolai-je. C'est épatant, car je venais justement m'inviter à dîner.

– Toujours sans un, hein? Allons, entre! »

Il me serra la main. Je le précédai dans la modeste salle à manger dont je connaissais le chemin. C'était chez eux, la T.S.F. L'appareil trônait sur un petit meuble construit pour lui. Il gazouillait doucement. Mme Lorbois était à table.

« Bonsoir, monsieur Fraiger, dit-elle. Nous nous demandions quelle était cette visite. Comment allez-vous?

– Comme d'habitude, répondit son mari à ma place, ricanant sans méchanceté. Toujours fauché. Mets donc un couvert. »

Mme Lorbois se leva et alla à la cuisine. Frédo soupira. Je le connaissais depuis de nombreuses années. J'avais été son manœuvre dans une entreprise de plomberie où il travaillait. Mon départ de la boîte n'avait pas rompu nos relations. Il m'avait dépanné souvent. Ce bon bougre de prolo avait dépassé la quarantaine et me considérait un peu comme un enfant. Ça ne me froissait pas.

« Tu parles d'une vie, ajouta-t-il, avec une légère pointe de reproche affectueux. Enfin, chacun ses oignons... Ça fait une paye qu'on ne s'était vus, hein? Qu'est-ce que tu goupilles, actuellement? T'as pas l'air trop mal sapé... »

Je m'assis.

« Je bricole. Ce n'est pas le Pérou. »

Un speaker de la radio annonça d'une voix aux curieuses inflexions que nous allions entendre des succès du tonnerre de Dieu. Il ne s'exprima pas exactement ainsi, mais le cœur y était. Mme Lorbois installa le couvert.

« Devriez pouvoir trouver quelque chose de sérieux, monsieur Fraiger, dit-elle. Vous êtes intelligent... »

Je la regardai. Elle était bien aimable de me trouver intelligent, encore qu'on dise toujours ça. Il ne viendrait à l'idée de personne de déclarer à un type : « Vous, qui êtes le roi des.. » Non, on dit : « Un garçon de votre intelligence... » Pas une andouille, à la surface de la terre. Rien que des mecs intelligents. C'est réconfortant, quand on y songe... La radio saupoudrait mes réflexions de mots d'amour. J'ébauchai un geste vague.

« Allons, conclut-elle. Il ne faut pas se décourager. Un jour, vous trouverez une situation... »

Elle poussa dans ma direction une assiette débordant d'aliments. Je commençai à manger en riant et les assurant que je ne me décourageais pas. Intelligent! S'ils avaient su que j'avais raflé cinq millions dans la journée et que j'en étais réduit à venir leur mendier un repas, ils ne m'auraient pas trouvé si intelligent que ça. « Quel drôle de type! » auraient-ils pensé. Ils n'auraient pas été les premiers. C'était cette saloperie de radio qui me rappelait cette expression. Un drôle de type! Gloria me l'avait dit, un jour...

J'ai penché et tourné la tête pour bien regarder Gloria en face et elle l'a penchée aussi, et j'ai pu me saouler de l'éclat de ses yeux et de ses dents nacrées, car elle a souri, gentiment, la tête inclinée, ses cheveux roux lui caressant l'épaule.

« Gloria, ai-je demandé, depuis combien de temps se connaît-on?

– Je ne sais pas, a-t-elle dit de sa voix claire. »

La question lui paraissait étrange.

« ... Trois ans, peut-être... »

Elle n'y attachait aucune importance.

« Quatre ans et deux mois, ai-je précisé. J'ai tenu le compte à jour.

– Pourquoi? a-t-elle dit.

– Parce que... hum... »

J'ai eu un mal de chien à continuer. Pourtant, je n'avais pas sollicité cette entrevue pour lui dire autre chose que ce que j'allais dire.

« ... Parce qu'il y a exactement quatre ans et deux mois que je t'aime, ai-je dit. »

Et tout de suite – question d'amour-propre, de dignité, de je ne sais encore quelles autres ordures – j'ai souligné ma déclaration tardive d'un long ricanement, parce qu'il est, paraît-il, des situations ridicules pour un homme. En même temps, mon cœur a crié au secours. Tout a chaviré, dans cette salle de café. J'ai perdu pied. Ça faisait sang de toutes parts. Un naufrage dans un maelstrom de désespoir. Et tout cela à cause de ses yeux qui ont reflété un étonnement indicible, sans plus. Oh! merde! J'aurais dû continuer à me taire. Oh! nom de Dieu de nom de Dieu!...

« File-moi donc encore un petit coup de rouquin, Frédo, grasseyai-je.

– Tu suces toujours un peu le bouchon, hein? rigola Lorbois, en me servant.

– Faut bien, dis-je, en écho hilare.

– Vous feriez mieux de manger au lieu de tant boire, conseilla Mme Lorbois, maternelle. Votre assiette est encore pleine. Vous avez l'air dans la lune. A quoi pensez-vous? »

Je pensais qu'ensuite nous étions sortis du café. Nous nous sommes arrêtés dans l'encoignure d'une porte. La nuit était venue, la rue était obscure. Je l'ai prise par la taille, je l'ai tenue bien contre moi, j'ai enfoui mon visage dans ses cheveux. Ils sentaient la vie, le bonheur, un parfum rare. Je me suis revu sur le trimard, roulant mon corps dans le blé. Ceci sera du pain! La vie! Ces cheveux, c'était mon pain, mon beau pain roux! Elle a frémi. Et j'ai frémi aussi sous un vent de panique; un besoin irrépressible de fuir m'a submergé. Nous nous sommes séparés.

Je l'ai revue le lendemain. Il me fallait la revoir. Je l'ai revue. Elle a ri, de ce rire clair, un peu moqueur.

« On peut dire que tu es un drôle de type », a-t-elle dit.

La veille, j'aurais dû coucher avec.

« Je ne peux pas écouter la radio sans entendre une fois sur deux cette chanson : *C'est par vous que je meurs,* dis-je, désignant la boîte à bruits divers de la pointe de mon couteau. Ils pourraient changer de disque.

– Ça plaît, dit Mme Lorbois. C'est le grand succès du moment.

– Il n'y a pas que cette chanson-là, fit Frédo. Tout à l'heure, ils parlaient des gangsters qui ont fauché la paye des usines Folk. Tiens, ajouta-t-il en riant, voilà ce que tu devrais faire, Jean, pour te sortir de la mouise : un cassement.

– Trop risqué, ricanai-je, en vidant mon verre.

– Quelle époque! soupira la femme. Les gens sont fous, ma parole! Vous avez vu, là-bas, aux mines, cette fillette de dix ans... »

J'eus un hochement de tête, diversement interprétable. Je ne savais plus s'il fallait se réjouir ou s'attrister de ce drame. La fillette était morte. Elle ne deviendrait ni une vache ni une putain.

« La vie est dégueulasse, dis-je, en guise de commentaire.

– Elle a quand même ses bons moments, faut être juste, fit Frédo, avec un clin d'œil vers la bouteille. »

Il me servit à boire.

« Pas plus haut que le bord, dis-je.

– ... Et maintenant, chers auditeurs, modula un speaker nasillard, l'orchestre Gonzalès va nous jouer la *Cucaracha.* »

Pas possible! Ils s'étaient donné le mot, à la station d'émission. Ils devaient se douter que je serais à l'écoute et ils voulaient me rendre définitivement tocbombe. Je me levai et rendis la boîte muette dès les premières mesures du chant mexicain.

« T'as raison, rigola Frédo. Ils nous barbent. Tiens, bois un coup. »

La Cucaracha... La Cucaracha... Elle avait descendu l'escalier du métro en fredonnant *la Cucaracha.* Le chant des partisans de Pancho Villa n'avait plus jamais, de ce jour, évoqué pour moi la marche des insurgés à travers la montagne, ni, à la halte, les belles filles brunes aux longues jambes gainées de bas noirs, fusant sous la corolle de la jupe soulevée par la danse, dans un vacarme de castagnettes et de battements de mains et une atmosphère de poussière, d'alcool, de rut et de sueur. Curieuse rencontre, *la Cucaracha* c'était un cafard. Je ne pouvais dissocier *la Cucaracha* de Gloria qui descendait l'escalier du métro en fredonnant cet air. Je venais derrière avec des amis. J'avais encore la tête lourde. Ç'avait été une jolie bagarre. A un moment, ils étaient quatre à jouer au football avec ma carcasse. A la sortie, je m'ébrouais tout meurtri, lorsqu'une main s'était posée sur mon bras et une voix douce, légèrement vibrante d'inquiétude, avait murmuré : « Ils vous ont fait mal? » Et mon regard avait croisé le plus beau regard du monde, pailleté d'or comme l'eau-de-vie de Dantzig et, comme elle, enivrant, vu le plus adorable visage encadré de cheveux roux... Il y avait cinq ans de cela!

« File-m'en encore un coup, Frédo, et tant pis si t'aimes pas la musique mexicaine. *La Cucaracha*, c'est pas si moche que ça. Tenez, m'ame Lorbois, retrouvez-nous donc ces sacrés musicos mexicos... »

La Cucaracha... La Cucaracha...

Je me carrai sur ma chaise et croisai les bras, tout à cette foutue musique. Je sentis dans ma poche de poitrine, contre mon cœur, le Colt puissant et dur, érigé comme un sexe... Elle descendait l'escalier du métro avec, aux lèvres, la chanson du cafard...

V

GLORIA

En quittant les Lorbois, je m'en fus entretenir mon ivresse naissante dans deux ou trois cafés. J'avais un peu d'argent honnête, Frédo m'ayant discrètement et impérieusement nanti d'un léger viatique.

J'avais la tête pleine de Gloria. Je la sentais se promener là-dedans comme chez elle. J'éprouvais la délicieuse meurtrissure des hauts talons de ses souliers. Je restais parfois des quinze jours, trois semaines sans y penser et puis, brusquement, ça me battait aux tempes, au cœur, à l'estomac, partout. Comme une sale et douce fièvre qui me rongeait. Alors, il me fallait la voir...

Je me rendis chez elle sans téléphoner au préalable, soucieux de ne point me faire éconduire.

L'immeuble où elle demeurait était bien différent de celui de Frédo. Il respirait l'aisance. Gloria s'était mariée, peu de temps après notre première rencontre, avec un type qui gagnait bien sa vie. Ce n'était pas un paumé dans mon genre, il avait tout pour réussir, et, cependant, il me soupçonnait. Il trouvait bizarre, notamment, que nous nous tutoyions, Gloria et moi. En y réfléchissant, je le trouvais aussi. Comment cela s'était-il fait?... Ça s'était fait comme ça, voilà tout. Les astres, peut-être...

Je sonnai. Lautier, le mari, vint ouvrir, offrant l'habituelle gueule d'enterrement qu'il réservait à chacune de mes visites, si espacées fussent-elles.

« Bonsoir, dis-je. Je passais dans le quartier. Je...

– Vous avez appris, évidemment, fit-il, la voix sourde. »

Je n'avais rien appris du tout, mais je sentis qu'un mécanisme ne tournait pas rond. Je pris un air entendu, sans répondre plus explicitement.

« Venez, m'invita-t-il. Mais ne restez pas trop longtemps. »

Je le suivis dans une pièce coquette. Gloria était là, assise sur un divan, en compagnie d'une femme d'un certain âge, lui ressemblant vaguement. Instinctivement, je cherchai des yeux le seau à oignons, avec l'impression d'avoir interrompu une séance d'épluchage de cette plante lacrymatoire. Les deux femmes avaient manifestement pleuré. Je me dis que je n'en ratais pas une, que je tombais toujours bien, que c'était un foutu don... Pas maquillée, Gloria était toujours aussi belle. La fatigue de son visage, même, en rehaussait l'attrait. Ses yeux humides et rougis aux paupières, continuaient à charrier leurs paillettes d'or.

« Bonsoir, Jean, dit-clle en me serrant la main. »

Elle me présenta sa mère.

« ...C'cst gentil à toi d'être venu, ajouta-t-elle.

– Euh... je ne sais pas, bafouillai-je, gauchement. Que se passe-t-il?

– Vous n'êtes pas au courant? s'étonna Lautier.

– J'arrive de voyage, dis-je, mentant à moitié.

– Mais la lecture des journaux... Son père a été assassiné... M. Lebas... »

Je l'avais d'abord connue sous le nom de Gloria, puis sous celui de Mme Lautier. Je n'avais jamais su son nom de jeune fille. Ainsi, c'était Lebas, le Lebas en question, celui que j'avais copieusement truffé! Convulsivement, dans ma poche, mes doigts froissèrent les billets neufs. Je me retins pour ne pas éclater de rire. Elle était là, à pleurer, et c'était à cause de moi. Parlez d'une surprise! Un instant d'une rare qualité, comme dit l'autre. C'était moi qui provoquais ces larmes. Bon Dieu! je ne regrettais rien. J'avais eu raison de m'acharner sur ce type, de le réduire en une méconnaissable passoire. Si je l'avais tué proprement, d'une balle au front ou au cœur, elle aurait eu du chagrin, certes, mais sans proportion avec celui qu'elle éprouvait. C'était l'horreur du carnage qui la bouleversait. Elle avait peut-être vu le cadavre. En tout cas, on le lui avait plus ou moins décrit ou elle avait deviné. Elle... Je me laissai tomber dans un fauteuil.

« Oh! chuchotai-je. »

Se méprenant sur mes sentiments, elle me lança un regard reconnaissant. Intérieurement, tout mon être était secoué d'une hilarité méchante. J'étais heureux. Je gratifiai la morose assistance de banalités de circonstance et, au bout d'un moment, me levai.

« Allons, dis-je. Je vais partir. »

Il se faisait tard et je redoutais les... mauvaises rencontres. Je m'approchai de Gloria. Sous couleur de compatir à sa peine, j'aurais voulu l'étreindre, lui caresser les cheveux. Je ne le fis pas pour deux raisons : le mari m'épiait de son œil soupçonneux, et Gloria, sur ma poitrine, aurait senti la bosse du Colt.

L'instant d'après, dans l'escalier, je ne sais pourquoi,

***

Albert et moi demeurions dans deux hôtels différents, mais situés dans la même rue. Nous vivions entre une usine à gaz et un dépôt de locomotives. La rue sentait la suie et le coke. Des bistrots aux clignotantes lueurs jaunâtres la pointillaient de-ci de-là. C'étaient les seuls lumignons éclairant cette sentine, car les deux candélabres édilitaires restaient sombres depuis le soir déjà lointain où un Polonais, après avoir tué sa femme et avant d'en faire autant à lui-même, en avait, en ennemi de la lumière, dégringolé les ampoules à coups de pétard.

Je passai à l'hôtel d'Albert.

Il était rentré sans anicroche. Assis en tailleur sur son lit, il prenait connaissance des journaux éparpillés autour de lui. Il m'en tendit un.

« T'as vu le boulot ? »

C'était un illustré, spécialisé dans le scandale et le scabreux. Un reporter avait réussi à se procurer une photo du cadavre de Lebas. L'ex-attaché à la direction des usines Folk n'était pas beau à voir. Cela représentait une carte d'état-major, des taches d'encre, la coupe d'un bloc de mortadelle, tout ce qu'on voulait, sauf un corps humain.

« Tu parles d'un assaisonnement, émit cyniquement Albert. Il aurait mieux fait de se tenir pénard. »

Je ne partageais pas cette opinion.

« Ça me fait penser à quelque chose de marrant, dis-je. Ce type doit avoir de la famille. En admettant – son âge le permet – qu'il ait une fille mariée. Crois-tu qu'elle fera l'amour, cette nuit?

– Toi, alors, tu te poses toujours de ces problèmes! Qu'est-ce que ça peut te foutre?

– Curiosité d'intellectuel, ricanai-je.

– Bon Dieu! jura-t-il, je me demande ce que tu as dans le crâne. Eh bien, écoute, moi, si c'était mon dab, et même sans l'aimer beaucoup, je crois que ça me couperait la chique. Maintenant, une femme...

– Je le crois aussi, dis-je. »

Non, elle ne ferait pas l'amour, cette nuit. Et cette nuit-là, en effet, je l'eus pour moi tout seul.

***

Ce n'était pas la première fois qu'elle hantait mon sommeil. Je rêvais souvent d'elle. Cela se passait généralement dans un café ou une place publique. Jamais ailleurs. J'entrais dans le café ou j'arrivais sur la place. Dans le premier cas, elle apparaissait au haut d'un escalier, et moi j'étais au comptoir, dix marches plus bas, et aussitôt la paralysie me frappait les jambes et le plafond s'abaissait jusqu'à peser sur mes épaules. Dérisoire cariatide, douloureux des pieds à la tête, extérieur et intérieur, la proie d'une immense envie de me mouvoir et sanglotant devant l'impossibilité du moindre geste. Et, autour de moi, des gens indifférents à mon drame, épargnés par le plafond qui ne semblait pas les gêner, et menant une existence normale. Et Gloria au sommet de l'escalier, enveloppée dans une longue robe blanche.

Dans le second cas – le rêve de la place publique – je m'écroulais dès mon arrivée, terrassé par ce mal bizarre et inconnu qui me laissait pantelant. Des tramways passaient, à bord desquels je désirais prendre passage. Mes jambes brisées m'interdisaient tout mouvement. Et, dans chacun des véhicules qui passaient et que je ne parvenais pas à atteindre, il y avait Gloria, moulée dans sa robe virginale comme dans un suaire.

Invariablement, à cet endroit du rêve, l'intolérable douleur physique et morale que j'éprouvais me réveillait. La nuit, qui m'a souvent terrifié, tissait autour de ma couche sa toile gluante et pleine de dangers. Les murs suintaient d'humidité. Des effluves malsains montaient de la cour. Il faisait noir, mais je devinais, dans l'ombre peuplée de larves, le paravent miteux, les meubles boiteux, le seau hygiénique, la cuvette et le bidet à l'émail écaillé et toute la misère qui toujours avait été mon lot. Et je songeais que, dans une atmosphère parfumée, parmi la soie et le satin, la caresse des draps de fil, elle prenait du plaisir avec un autre. Les poings fermés, les dents serrées, j'étreignais le traversin douteux, enfouissais ma tête dans l'oreiller sale. Je hurlais silencieusement à l'évocation de toutes les filles qui, en cet instant, prenaient du plaisir; à l'évocation de tous les mâles qui leur en donnaient. Une grande, épuisante haine me soulevait.

Cette nuit-là, ce fut délicieux... tant que dura le rêve. Le décor fut un bistrot, un endroit louche, mais sympathique. Les clients étaient quelconques, inoffensifs. Leurs visages n'accusaient pas ces stigmates atrocement patibulaires, trop fréquents dans mes rêves. J'avais rendez-vous avec elle. Elle arriva. Un élégant tailleur gris remplaçait sa robe blanche. Son chemisier était boutonné bas. Lorsqu'elle se penchait, l'ombre troublante de la naissance des seins s'offrait au regard. Mes mains tremblantes lui enserrèrent la taille. Nos lèvres s'unirent. Elle avait dans la bouche tous les fruits de la terre, de beaux paysages, des ruisseaux chantants. Et je la pris là, devant ces gens quelconques et flous que nos jeux n'intéressaient pas.

Je me réveillai, le front moite, les cuisses poisseuses de ma pollution nocturne. Cette nuit, je l'avais eue pour moi tout seul. Ç'avait été trop bon. Une immense tristesse m'envahit, qu'accentua encore le petit jour blême rampant furtivement dans ma chambre. Je n'aimais pas le petit jour, n'ayant depuis longtemps que des réveils de condamné à mort. Je n'aimais pas davantage le crépuscule, annonciateur des ténèbres qui me paralysaient de terreur dans ma solitude. Une immense tristesse m'envahit. Le cafard. La *Cucaracha.* Je me sentis aussi disloqué et lamentable que dans mes rêves habituels. Il fallait se rendre à l'évidence : le problème ne comportait pas de solution. Jamais je n'aurais Gloria autrement qu'en rêve et je ne pouvais même pas diriger les manifestations oniriques. Le mur qui nous séparait était infranchissable. Et ce n'était pas ce que j'avais fait, la voie dans laquelle je m'étais engagé, qui le mettrait à bas.

Le rêve avait été délicieux. Trop. La réalité n'en était que plus terrible.

VI

NUIT

Je passai au siège prendre un peu d'argent. J'expliquai à Christ comment je m'étais oublié dans la distribution.

« Tu es un pur, opina-t-il.

– Je me le demande, ricanai-je. »

Avec Christ, on pouvait parler. Il me colloqua quelques billets de banque d'une moins dangereuse provenance que ceux de la veille et s'informa de mes projets. Il ne paraissait pas très en forme. Je me rappelai la réflexion désapprobatrice de quelqu'un.

« Je ne sais pas, dis-je sèchement, si mon activité est du goût de tout le monde.

– T'occupes pas, sourit-il. Nous avons besoin de fric pour aider les copains, sortir nos publications et... »

Il s'interrompit.

« Et quoi?

– J'en ai marre, des théories. Depuis que nous nous bagarrons pour un monde meilleur, j'ai l'impression que celui dans lequel nous vivons empire. Si nous pouvions, individuellement, nous confectionner une vie paisible...

– Nous en prenons le chemin, m'esclaffai-je. »

Il me lança un regard pénétrant.

« Je vois, murmura-t-il. Tu ne sauras jamais ce que c'est, toi, la vie paisible, hein? Tu sens que c'est un domaine interdit. Moi aussi, j'éprouve souvent ce sentiment. Nous sommes de la graine de maudits. Et, le plus fort, c'est que ça a l'air de nous plaire. »

Une profonde tristesse se peignit sur son visage émacié. Il s'approcha de la porte vitrée qui nous séparait de l'imprimerie et y plongea un regard brusquement absent. Un silence, puis, toujours le dos tourné :

« A quoi croyons-nous, Jean?

– Je ne sais pas, dis-je. »

Il me fit face :

« Personnellement, crois-tu encore à quelque chose? »

Je me mis à rire doucement, comme si je vomissais par à-coups, avec difficulté.

« Je voudrais croire à l'amour... Ça a l'air puéril, mais c'est comme ça... L'amour, c'est la vie même, c'en est le centre de gravité, seulement la vie est dégueulasse, alors, l'amour... Les femmes gâchent tout... Toutes des vaches et des putains!

– Les putains, ce n'est pas tellement mal, rêvassa-t-il.

– A la fois trop putains et pas assez, je ne sais pas si tu comprends ce que je veux dire... On ne peut pas espérer tomber sur celle qui conviendrait vraiment... Et lorsqu'on se l'imagine, il surgit un tas de difficultés, tout fout le camp... Il n'y a pas d'absolu... toujours ce perpétuel sentiment d'insatisfaction... cette nostalgie d'un ailleurs...

– Oh! bon Dieu! grogna-t-il, cessons de couper des cheveux en quatre. C'est de ce travers que nous crevons... Tu as des projets? »

Je redescendis sur terre.

« Continue-t-on?

– J'en suis d'avis. Le premier truc n'a pas trop mal marché. Tu as organisé l'expédition très bien et les flics nagent que c'en est un bonheur. Je crois qu'on peut remettre ça. Ça finira de les désorienter...

– Ça finira aussi par les rendre enragés et leur donner des idées.

– Ça te gênerait?

– Tu parlais de vie paisible, ricanai-je. Comment espères-tu que ça se termine, cette petite plaisanterie? Tu crois que le gouvernement me fera des rentes, lorsque sa police m'aura alpagué?... Mais on ne me tient pas encore et ils entendront parler de moi, je te le garantis. Je t'ai dit que ça finirait par rendre les flics enragés. Je l'espère bien. Et il n'y aura pas qu'eux, d'enragés. Toute la population... Enragée et crevant de trouille...

– Tu t'excites trop, me modéra Christ. Et c'est ça qui défrise certains copains, déjà hostiles à l'action directe telle que nous l'envisageons. La boucherie d'hier n'a pas plu à tout le monde.

– Nous n'avons pas pu agir autrement. Ce Lebas a ouvert la danse le premier...

– Je n'en doute pas; mais, la prochaine fois, tâche de limiter les dégâts.

– Ce sont les événements qui décident, dis-je.

– Ouais, ouais, chantonna-t-il. Je sais à quoi tu crois maintenant, ajouta-t-il. A cela... »

Il approcha sa main de ma poche de poitrine, dans l'intention de palper la bosse qu'y faisait le revolver. Instinctivement, je fis un bond en arrière. Je me sentis pâlir.

« Hé là! s'écria-t-il. Tu as peur que je te le fauche?

– Je ne sais pas, fis-je, étonné moi-même de ma réaction. Je ne sais pas, mais ça m'a fait tout drôle. Je viens de réaliser que je n'aime pas qu'un autre que moi touche à cet engin. C'est comme une partie sacrée de mon individu.

– C'est bien ce que je disais.

– Changeons de disque, suggérai-je.

– L'autre face, alors. Les journaux annoncent une très probable reprise du travail dans les mines.

– Cette dépêche est datée d'hier. Les gars n'avaient pas encore reçu le fameux nerf de la guerre. Ça va les rebecqueter.

– Possible. »

Nos regards se croisèrent. Ils exprimaient l'un et l'autre quelque chose d'imprécis et d'indéfinissable, de troublant et de troublé, de las aussi.

***

En quittant Christ, ma première visite fut pour un fleuriste. Je commandai une très belle gerbe destinée à orner le cercueil de M. Lebas, attaché à la direction des usines Folk, mort dans l'exercice de ses fonctions, au champ d'honneur de ceux qui font métier de trimballer et manipuler du pognon, que celui-ci leur appartienne en propre ou soit à autrui. J'ignorais la date de l'enterrement, mais je fis porter la gerbe immédiatement chez Gloria. Elle se débrouillerait avec.

Mon devoir d'homme du monde accompli, je rôdaillai toute la journée. Aux approches de la nuit, je regagnai mon domicile.

Le garçon de l'hôtel me dit qu'un « monsieur » m'avait demandé dans le courant de l'après-midi. Il se fendit d'une description vaseuse, lorsque je m'informai de l'allure du quidam. D'après ce portrait, mon visiteur ressemblait aussi bien à un évêque ou à un marlou, qu'à une actrice de cinéma ou un bec de gaz, au choix. Ce n'était pourtant pas faute de s'être fait remarquer par le garçon. Le type était venu deux fois dans l'après-midi. Peu enclin au découragement, il devait revenir.

« C'est bon, dis-je, l'air indifférent. S'il s'amène, dites que je suis chez moi. »

En gravissant l'escalier miteux, fleurant la poussière récemment mouillée, je me demandai si les bourres flairaient déjà la bonne piste. Ça m'étonnait, mais il fallait s'attendre à tout.

Une fois dans ma chambre, je mis mon pétard en ordre de marche. Ensuite, je réfléchis que les bourres allaient généralement par deux. De toute façon, je laissai le Colt à portée de ma main et prêt à donner de la voix, et j'attendis, après avoir plusieurs fois mimé devant le miroir ébréché la scène de la réception que je réservais au policier, si c'en était un.

Peu après, j'entendis l'escalier gémir sous le poids de quelqu'un et on frappa à la porte. Selon le scénario établi, j'allai ouvrir, déguisé en arsenal. Ce n'était pas un flic, mais Marcel, un autre Marcel, pas celui qui, au Paradis, devait à l'heure actuelle proposer la botte aux anges de sexe féminin. C'était lui le type à la double visite de l'après-midi. Le Comité, paraît-il, voulait me voir. Une réunion extraordinaire était convoquée pour cette nuit.

***

La table de bois blanc disparaissait presque sous les journaux étalés. Christ était derrière. Albert se tenait sur le côté, ses fesses posées de guingois sur le siège dépaillé d'une chaise boiteuse. A l'aide d'un couteau, il gravait une marguerite dans le bois de la table. C'était un sentimental qui s'ignorait. Il donnait furieusement l'impression d'avoir avalé un purgatif.

Des deux autres assistants, l'un au moins ne me portait pas dans son cœur. C'était un dénommé Raymond, âgé de cinquante piges, avec moustaches blanches de militant averti. Il possédait une expérience sédative et croyait plus ou moins au père Noël. Ma façon d'envisager les luttes sociales le dégoûtait. Il n'existait pas de pire adversaire de ce qu'il appelait les « déviations de doctrine ». Du même âge, Christ pensait différemment.

L'autre personnage, que je ne connaissais pas, aurait eu besoin de se lessiver sérieusement le visage. En fait, il avait dû se laver et se relaver, mais le charbon ne se déloge pas si facilement des pores. Ma science des mineurs se réduisait au souvenir de quelques photographies vaguement aperçues çà et là dans la presse, mais je ne doutais pas un instant que ce fût là un représentant de cette corporation.

Le silence était complet. Un lourd malaise régnait. L'odeur du tabac, mêlée à celle de l'encre, aggravait l'atmosphère déprimante. Le lieu, mal éclairé et puant, était lugubre et sinistre à souhait. Je sentis qu'on allait me demander des comptes. Je regardai Albert, avec la crainte qu'en sachant plus long que je ne croyais sur l'exécution de Marcel, il n'eût pas digéré mon comportement. Mais le regard qu'il me retourna n'était empreint d'aucune hostilité.

« Que se passe-t-il? demandai-je.

– Ça va mal, graillonna Christ, en s'ébrouant. Les mineurs reprennent le travail demain.

– Ah! dis-je. Nous avons agi trop tard?

– Non! lança Raymond. Mais les mineurs n'ont pas voulu de cet argent.

– Pas... pas... voulu? bégayai-je, ressentant ce refus comme une trahison.

– L'époque de l'illégalisme est révolue, poursuivit-il, triomphalement, et d'ailleurs l'illégalisme n'a jamais produit que des fruits vénéneux, portant le discrédit sur nos doctrines. Je me suis tué à vous le faire entendre, lorsque tu nous as proposé de vous livrer à des attentats expropriateurs. Vous n'avez pas voulu me croire. Les travailleurs vous infligent une leçon. Ils ne veulent pas de cet argent souillé de sang... et les copains sont revenus à des conceptions plus saines.

– Tu ferais un bon député, sifflai-je. Bon sang, quel fameux député tu ferais avec tes phrases à la gomme!... Ferme ta gueule, ajoutai-je, exaspéré, en sortant mon feu, ferme ta gueule ou je te brûle!

– Calmez-vous! s'écria Christ. Nous avons essuyé un camouflet? Exact. Mais nous pouvons encore discuter...

– On ne discute pas avec des assassins de cette espèce, reprit l'autre, poursuivant la série de ses belles phrases de comice électoral. L'illégalisme n'est déjà pas une pratique dont nous ayons lieu d'être fiers. Mais accompli dans les conditions de l'autre jour... D'ailleurs je le répète, tous les copains sont d'avis d'abandonner cette activité. C'est trop dangereux et ça discrédite le mouvement. Je me demande comment nous avons pu te donner carte blanche, à toi et à ta clique... Et pour faire ce que tu as fait, cette ignoble boucherie... Beaux humanitaires! »

Il n'avait pas tout à fait tort, mais la vie était dégueulasse, je n'y pouvais rien.

« C'est ce Lebas qui a commencé, dis-je, fidèle à ma tactique de la théorie de la « légitime défense ». Si...

– Laisse tomber, me conseilla Albert. Et rengaine ton pétard. Monsieur est sensible... »

Machinalement, j'obéis. Je me sentais seul et fatigué. D'avoir prononcé le nom de Lebas me fit penser à Gloria. Je pensai à Gloria et à un tas d'autres choses. Je n'assistai pour ainsi dire pas à la discussion qui suivit. J'étais absent. Je pensais que tout me claquait dans les mains, que ces mineurs étaient des crétins, que les copains de là-bas avaient évidemment eu tort de révéler la provenance de l'argent, mais que ces mineurs étaient quand même de fameux crétins et qu'ils méritaient bien leur médiocre et crasseuse existence. Bon Dieu! puisqu'ils étaient si délicats, ils n'avaient qu'à continuer à travailler, recevoir des coups, caresser leurs femmes aussi moches qu'eux et faire des petits mineurs en attendant leur émancipation par intervention divine, et songer à la révolution, à la société meilleure et autres foutaises toujours promises et jamais au rendez-vous...

Je sortis de ma torpeur pour m'inquiéter de ce qu'était devenu le fric. Le copain à allure de mineur, qui avait convoyé le butin, prit la parole. Il m'expliqua que, malgré ses efforts pour défendre notre point de vue – qu'il partageait – auprès de certains membres du Comité de grève, il n'avait pas été écouté. Je me foutais de ces détails. Je voulais savoir où était le fric. Le fric « impur » était resté là-bas.

« Ces honnêtes travailleurs devraient savoir que ce fric m'appartient et me le renvoyer au lieu de se le distribuer, ricanai-je.

– Ils ne veulent s'en servir d'aucune façon, protesta le mineur. Et, comme ce ne sont pas des mouchards, ils ne diront rien et le brûleront. Ils sont d'ailleurs très peu à être au courant.

– Encore heureux qu'ils ne nous donnent pas », dis-je.

Je me levai.

« Salut, Christ. Ma présence n'est plus indispensable. On restera un bout de temps sans me revoir. J'en ai ma claque, de ces discussions et de ces disputes. »

Il haussa les épaules, habitué aux départs et aux arrivées les plus imprévus.

« Que vas-tu faire ? » demanda-t-il.

Il ne posait jamais de question, mais s'il posa celle-ci c'est parce qu'il prévoyait la réponse. Je me mis à rire nerveusement :

« Essayer de me confectionner une bonne petite vie paisible. Mon rêve, c'est de posséder une villa du même nom, garnie d'une charmante compagne et même de deux gosses... Et une paire de pantoufles.

– Eh bien ! ironisa-t-il, je suis persuadé que tu auras tout ça.

– Tu parles ! Mais c'est comme si c'était déjà fait. »

Je me tournai vers Albert. Il leva la main.

« Je te suis, dit-il. »

Il m'emboîta le pas sans dire au revoir à personne. Nous sortîmes. La rue était déserte. La bruine qui tombait accentuait la désolation de ce quartier généralement peu animé. Les trottoirs luisaient au pied des réverbères et la lueur clignotante de ceux-ci découvrait dans les dépressions du pavage de la chaussée de petites mares piquées de gouttes d'eau. Des fenêtres ouvertes sur la nuit laissaient apercevoir une suspension, un morceau de papier mural, le coin d'un meuble, tout un décor paisible à flanquer le bourdon. Des gens vivaient là! Tout était trop calme et trop doux. Ça meurtrissait le cœur.

A pas lents, insouciants de la pluie, nous nous éloignâmes du siège.

« Quelle clique! grogna Albert, au bout d'un moment de rumination intérieure.

– Je m'attendais à un truc de ce genre, dis-je. Nous avons voulu renouer avec une tradition qui est bien morte.

– Et nous sommes dans le bain pour la peau. Je les plaque, Jean. Ils ne sont pas réguliers. »

Il alluma une cigarette. J'en fis autant.

« Pas pour la peau, chuchotai-je. Je continue.

– Que vas-tu faire?

– Rappeler Paulo et nous établir à notre compte, en bons bourgeois. Maintenant, tout le fric sera pour nous. Finie, l'abnégation. Tout ça, c'est du vent. Les mineurs nous l'ont rappelé. Ce sont de braves mecs. Des crétins, mais de braves mecs. Nous sommes lancés, mon vieux, impossible de freiner. Nous ne paierons pas plus pour un meurtre que pour quinze. Autant profiter une bonne fois de cette garce de vie. Ça te dit? »

Il s'arrêta de marcher, m'agrippa par les revers de mon veston humide et me regarda d'un air dur. Sa cigarette au coin des lèvres dessinait un point sanglant. Un filet de fumée montait du mégot et il clignait l'œil gauche pour l'éviter. Ses sourcils épais paraissaient davantage fournis.

« Je voudrais bousiller tout le monde, gronda-t-il.

– Allons, allons, rigolai-je, ne te fais pas plus féroce que tu n'es. On dit ça et puis... »

Je me dégageai. Je n'avais jamais exprimé à haute voix des souhaits d'extermination du genre humain. Je me complaisais seulement en d'étranges rêveries... Si je connaissais l'endroit du globe d'où on peut contempler l'univers, j'y courrais, ficherais un pieu en terre, m'y pendrais et me précipiterais dans le vide, entraînant le monde dans ma chute... Il y avait encore le système du tunnel, percé d'un pôle à l'autre, dans les entrailles de la terre, qu'on bourre de dynamite... Tout ça, c'était de la poésie. Mieux valait les buter en détail.

« Je te jure que je le ferais, dit Albert, en reprenant sa marche lente.

– En attendant, on va vivre, dis-je. Ça sera peut-être court, mais je te garantis que ça sera bon.

– Qu'est-ce que tu as en vue?

– Une banque, jolie comme une fleur. Un de ces quatre, on ira la cueillir. Maintenant, je commence à avoir marre de cette pluie. Je ferais volontiers un petit tour en bagnole. On va tâcher d'en louer une. »

Nous découvrîmes l'objet désiré dans une rue obscure. La chance nous servit : ça n'avait rien du poids lourd, portes non fermées, c'était d'accès facile, et le moteur ne produisait pas plus de bruit qu'un moulin à café. Je pris le volant. Albert se carra confortablement à mes côtés et se mit à rouler entre ses mains l'exemplaire d'une luxueuse revue de modes qui traînait sur le siège. Un léger parfum d'œillet régnait à l'intérieur du véhicule. Cette auto devait appartenir à une femme. Il n'y avait qu'une étourdie pour abandonner ainsi une bagnole à la disposition des voleurs.

Je commençai à zigzaguer à travers un dédale de rues étroites, repassant plusieurs fois aux mêmes endroits, à des allures différentes. Mon manège intrigua Albert.

« Tu étudies une tactique? » demanda-t-il.

Il pleuvait toujours. Je mis l'essuie-glace en marche.

« Que penses-tu de Raymond? dis-je.

– C'est un froussard. C'est un... je ne sais pas ce que c'est, cracha Albert. Un mess... un mess... Comment dis-tu ça?

– Messianique.

– Oui, ces mecs qui croient qu'on obtient des améliorations à la vie avec des messes. »

C'était joli de voir les gouttes de pluie couler le long de la vitre. L'essuie-glace les happait avec un ronron satisfait. Ça me rappelait les larmes de Gloria.

« A mon avis, il est dangereux, insinuai-je doucement. Il a toujours combattu nos idées. S'il apprend que nous remettons ça, il est capable de nous dénoncer. »

Le parfum de la propriétaire de l'auto était toujours aussi sensible. L'odeur du tabac ne parvenait pas à le chasser.

« C'est vrai, ce que tu dis là.

– Et comment, que c'est vrai! »

Je pris un virage. Le moteur et l'essuie-glace ronronnaient. Je me figurais être un gros chat. Gloria aimait ces animaux. Elle en possédait les yeux, tout chargés de mystère et de richesses. Je tournai encore et balayai d'un coup de phares la longueur de la rue s'étendant devant moi. Il me sembla voir une silhouette familière disparaître au coin. J'appuyai sur le champignon pour la rejoindre. A nouveau, je fis jouer les phares. Col du veston relevé, mains aux poches, un homme s'éloignait sous la pluie. J'éteignis et modérai l'allure de la voiture. Elle glissait sans bruit, caressant le pavé. L'homme traversa. Il était engagé au milieu de la chaussée, lorsque je l'interpellai :

« Hep! Raymond! »

Surpris, il s'immobilisa. Brusquement, je braquai les phares et le saisis dans les violents rayons lumineux comme un papillon. Aveuglé, il tituba, oubliant de crier, tenta de fuir. Je ne le lâchai pas. J'enfonçai l'accélérateur. La voiture bondit. Jamais l'odeur d'œillet n'avait été plus forte. Nous ressentîmes un choc sourd.

Le propriétaire de la coquette boutique blanche qui s'érigeait à cet endroit pourrait faire nettoyer sa devanture.

***

Telle je l'avais vue dans la revue de modes, telle elle m'apparut. Je me souvenais parfaitement du texte. Je ne l'avais lu qu'une fois, mais il était resté gravé dans mon esprit : « *...robe du soir... corsage kimono en crêpe croisé jusqu'au dessous du bras... jupe en mousseline travaillée de plis non repassés... bouquet de fleurs à la ceinture... double bracelet...* »

Son visage, légèrement asymétrique, était surmonté de cheveux tirés qui lui découvraient les oreilles. A celles-ci brillaient des diamants. Elle avait le nez fin, aux narines frémissantes. Un léger cerne ombrait ses yeux. Sous la transparence de la jupe, la chair se devinait comme enveloppée de brouillard. Elle s'assit au pied de mon lit sans le faire gémir. Elle parcourut mon miteux habitat d'un regard dédaigneux. Manifestement, elle se demandait ce qu'elle était venue faire là. Brusquement, je regrettai que ce ne fût pas plus sale. Elle me regarda, semblant me poser une question muette.

« Vous êtes la page 22, dis-je. »

Elle rit. Sa bouche était grande, – elle aurait pu facilement contenir quarante et quelques dents, – mais jolie. Attirante, même. Oui, cette bouche m'attirait. Et ces dents aussi.

« Je vous ai fait impression? minauda-t-elle.

– Pas plus que d'autres », dis-je.

Je commençai à éprouver une douleur dans les jambes.

« Pourquoi me détestez-vous?

– Je ne vous déteste pas.

– Si, vous me détestez. C'est peut-être parce que vous avez envie de moi. »

Elle bougea, dégageant des effluves d'œillet.

« Je ne voudrais pas coucher avec vous pour tout l'or du monde.

– En plus, vous êtes menteur, se moqua-t-elle. Quel gosse vous faites. Savez-vous que vous me plaisez?

– Vous êtes une morue », dis-je, continuant à mentir.

Je ne la détestais pas, j'aurais volontiers couché avec et je ne la tenais pas du tout pour une morue.

« Vous êtes un dur, dit-elle.

– Je ne sais pas ce que je suis. Foutez le camp ou je vous tue. »

J'avais envie de la prendre, là au milieu de la saleté, tout habillée, bien froisser et souiller sa robe de luxe, mais je ne pouvais pas bouger. La porte s'ouvrit, livrant passage à Paul, accompagné du mineur rencontré la veille au Comité. Tous deux étaient armés jusqu'aux dents et portaient des brassards rouges. A leur vue, la figure de mode se leva et disparut par la fenêtre.

« Ça y est! s'exclama Paul. La grande bigorne est commencée. On se bat dans les rues et dans tout le pays.

– Les mineurs marchent sur la capitale, ajouta l'autre.

– Bon Dieu, dis-je. Enfin, ce jour est venu! Il y a longtemps que je l'attendais. On va s'en payer, Paul.

– On te demande au siège, dit-il.

– On me demande là, rétorquai-je, en désignant la revue de mode gisant sur le parquet. C'est là que nous allons. Viens. »

Dans les rues, on s'exterminait ferme. Ça tirait de tous les côtés. Des bombes explosaient. Des immeubles flambaient. Les beaux quartiers étaient encore tranquilles. Dès que nous y arrivâmes, ça changea.

« Haut les mains! s'écria Paul. »

Elles étaient toutes là, les poupées gracieuses de la revue de mode, celle qui m'avait visité et ses collègues des autres pages, qui en tailleur, en vêtement du matin, en robe du soir, en déshabillé. Paul les considérait, sinistre sous sa bosse, une méchante expression aux lèvres, les yeux durs, la mitraillette sur la hanche et le doigt collé à la gâchette. Le souffle court et sifflant, une faim immense le secouait des pieds à la tête.

Je fis signe à une blonde au visage doux et apeuré, vêtue seulement d'une riche chemise de nuit, décorée de dessins et de broderies. Elle s'approcha craintivement.

Je lui rejetai les bras en arrière. Dans le mouvement, les seins saillirent. L'un d'eux jaillit de la soie, comme une dévorante flamme rose. J'entrepris de le pétrir, cependant que mes lèvres cherchaient celles de la fille. Elle ne me les refusa pas, mais elles étaient froides. Je serrai fortement mon corps contre le sien et me mis en marche. Nous rencontrâmes un obstacle et elle tomba sur un divan...

J'eus soudain l'impression atroce que je pourrais bien m'escrimer pendant huit jours, remuer comme un essuie-glace, dans un mécanique mouvement de va-et-vient, je n'arracherais jamais à ma partenaire un cri ni un soupir. Elle ne s'émouvait pas sous mes assauts et entre ma peau et la sienne une sueur froide coulait. Le linon était à tordre. Je regardai autour de moi. Assis par terre, la mitraillette entre les bras, Paul me contemplait en riant silencieusement. Brusquement, je compris. J'examinai la fille. Aux commissures des lèvres, dans les narines et aux coins des yeux, des larves grouillaient. La chair s'ivoirait et dégageait déjà un relent pestilentiel. Je me retirai avec lassitude du cadavre. Paul m'entraîna dans un couloir voisin. Entassés les uns sur les autres, des cercueils de verre en garnissaient les parois à perte de vue. Chacune de ces bières transparentes contenait le corps inanimé d'une femme. Toujours hilare, Paul me désigna une étiquette. Je lus : *Conserves pour l'hiver*. Je m'esclaffai à mon tour. Paul se baissa et plongea sa main dans une chevelure rousse qui serpentait à nos pieds. Il souleva une tête coupée et, avec une mimique expressive, la balança comme un fanal. Le sang perlait aux narines, aux lèvres, aux oreilles et à la section du cou. Les yeux fixes reflétaient l'or. Alors, Paul approcha de mon visage la tête de Gloria, sa bouche sanglante prête à mordre.

....

Je m'éveillai.

VII

ACTION

Dans la journée, j'appris par les journaux que :

Le cadavre de M. Raymond Labry, 55 ans, a été découvert ce matin, dans la rue de la Voie. Ce malheureux citoyen a été écrasé par une auto volée que l'on a retrouvée dans la rue même où eut lieu l'accident. Les enquêteurs estiment que les coupables sont plus vraisemblablement des jeunes gens en goguette que des voleurs professionnels. Ce qui expliquerait l'accident, imputable à une maladresse dans le maniement de la voiture et l'abandon de celle-ci après la conséquence tragique de l'équipée.

Rassuré de ce côté, je cherchai l'article habituel relatif aux Usines Folk. Relégué en troisième page, il ne signalait rien de nouveau. L'enquête se poursuivait et les diverses pistes d'usage faisaient l'objet d'investigations poussées. En clair, cela signifiait que la police s'entraînait pour la traversée de l'Océan à la nage. Les journaux annonçaient en outre les obsèques de M. Lebas, « la regrettée victime », pour le lendemain; deux tentatives avortées de crime passionnel et un suicide au gaz. En tout, une maigre colonne. Je me dis qu'il était temps de fournir de la copie fraîche aux journalistes, encore qu'ils fussent bien gloutons et mal organisés. Une affaire comme celle des Usines Folk aurait dû tenir la « une » une bonne semaine.

Je téléphonai à Gloria. En composant son numéro d'appel, mon cœur battait la chamade. Ça me produisait toujours cet effet. Je craignais tant que ce fût un autre qu'elle qui décrochât. Et même parfois, quand je savais qu'il n'y avait qu'elle pour répondre, j'appréhendais le moment où elle dirait : allô, d'une voix impersonnelle. Il m'était arrivé de raccrocher avant qu'on ait eu le temps de s'inquiéter de la sonnerie.

Ce jour-là, ce fut elle qui saisit l'appareil. Je lui présentai à nouveau mes condoléances le moins banalement que je pus et m'excusai de ne pouvoir assister à la cérémonie funèbre. Je ne disposais pas du moindre loisir. (Je les employais à examiner certaine banque d'un peu près.) Elle me dit avoir reçu ma gerbe et que j'étais gentil. Je répondis que c'était fou ce que je pourrais me montrer gentil avec elle si elle y consentait. Elle me conseilla, de sa petite voix sèche que j'aimais tant, de ne pas dire de bêtises. Elle avait raison et, là-dessus, je bafouillai un peu et pris congé, invité à aller la voir un de ces jours.

***

Quand Paul nous revint de sa retraite champêtre, ça me fit tout drôle de le revoir, après mon rêve. Je lui expliquai ce que, toujours plaisant, j'appelais la « nouvelle orientation politique » du groupe Jean. Il se déclara d'accord pour se joindre à nous. Je me mis alors à travailler sérieusement sur le coup de doublé que je mijotais et chargeai Albert de se procurer une voiture. Au jour voulu, il nous l'amena.

« C'est pour demain, dis-je. On fera un doublé. Une petite banque dans le centre et un chantier vers les Abattoirs. Une paie potable. Rien des cinq millions de Folk, mais de modestes bons billets déjà bourrés de microbes... »

Nous mîmes le dispositif au point.

Je cachai soigneusement à mes compagnons que je n'attaquais la banque que par amour de l'art, pour ainsi dire. Ils n'auraient pas compris mes sentiments. C'était un établissement de peu d'importance et ce ne serait pas ce seul raid qui nous rapporterait de quoi nous retirer à la campagne. Certes, j'avais besoin d'argent, – je désirais soudain être riche, – mais je voulais encore, avant de me mettre sérieusement à l'ouvrage, exécuter un travail d'artiste, entretenir l'atmosphère. La banque en question était située dans la rue où passaient les plus belles femmes de la ville. Ce détail seul avait décidé de mon choix. Je voulais me donner en spectacle devant une assistance parfumée.

***

Nous arrivâmes sur les lieux vers quatre heures. La banque se dressait à l'angle de deux rues, son entrée principale sur la grande artère. Albert stoppa devant.

Ce n'était tout de même pas des visions! Rayon sex-appeal, ce quartier battait tous les records. D'ici un instant, la volière allait s'agiter.

Tout guilleret, je descendis de voiture, porteur d'un petit paquet que je maniais avec précaution. Je traversai, parcourus quelques mètres sur l'autre trottoir et déposai mon fragile fardeau dans le couloir d'un immeuble, entre deux poubelles. Ceci fait, je rejoignis mes deux gars. Albert avait conduit l'auto dans l'autre rue, juste devant une sortie de derrière de l'établissement bancaire.

« Allons-y, dis-je. »

Paul s'extirpa de l'auto. Lestés chacun d'un cartable à musique et d'instruments bruiteurs garantis offensifs, nous entrâmes dans la banque par la porte principale. Cinq employés et deux clients constituaient l'assistance. L'air détaché, nous nous dirigeâmes vers la caisse. A peine parvenions-nous à sa hauteur qu'une forte explosion retentit, faisant vibrer la rue entière. Une galopade effrénée, des cris et des jurons suivirent. Un lourd gravat voltigea, brisa une glace et vint atterrir sur une machine à écrire, manquant d'occire la dactylo qui, sans chercher à comprendre, disparut sous sa table, la tête dans la corbeille à papiers. Ceux de ses collègues qui ne se planquèrent pas coururent dehors, curieux comme des pies. Un fameux flottement régna. Je le mis à profit. Je sautai la séparation, pénétrai dans la cabine grillagée de la caisse et commençai à rafler les espèces, après avoir assommé le caissier d'un coup de crosse-maison dont il parlerait longtemps à sa descendance. Paul enfournait dans les serviettes les liasses que je lui passais par le guichet. Ce n'était pas lourd, – le coffre était fermé et je n'avais pas le temps de l'ouvrir, – mais cette affaire-là constituait surtout un geste.

Pour être rapide, ce fut rapide. Trente secondes en tout, pas davantage, d'après le chronométrage que publièrent les journaux le lendemain. Nous allions fuir par les bureaux privés donnant accès à la porte de derrière, lorsqu'un des personnages que l'explosion avait attirés sur la rue se retourna, nous vit et poussa un cri. Paul ne lui permit pas de récidiver. Il passa la parole au camarade Browning. L'imbécile s'affaissa. Affolés, les autres se précipitèrent alors tous dehors, en criant. Mais la foule, dans la rue, était trop émue par l'explosion pour comprendre quoi que ce fût à leurs exclamations. Il urgeait toutefois de mettre les adjas avant que quelqu'un recouvre ses esprits.

La porte capitonnée, marquée d'un « Privé » en lettres métalliques, s'ouvrit devant nous, mais ce n'était pas par déférence ou pour nous faciliter la tâche. Dans son encadrement parut un directeur, un sous-directeur, voire un attaché à la direction, j'en jugeai sommairement d'après le costume. Décidément, je trouverais toujours sur mon chemin cette race imperméable à la plaisanterie. Alerté à la fois par l'explosion et les récents coups de feu, le quidam avait compris ce qui se passait et tenait à la main un ustensile destiné à la riposte. Je ne lui laissai pas le temps de réfléchir plus avant. Je regrettais déjà de ne pas avoir ratatiné le caissier. Je ne l'avais pas fait peut-être parce qu'il était voûté, portait binocle, moustache pisseuse et ressemblait à un épouvantail à moineaux. Le type qui se dressait devant nous avait tout de l'homme à gonzesses, avec des hanches souples de danseur. Je le rectifiai aussi sec. En tombant cette vache-là appuya sur la gâchette et Paul prit la dragée dans le bras. Ce n'était pas un mauvais cheval Paul. Il n'aurait pas fait de mal à un train de marchandises, mais il avait ses moments de nervosité. Il expédia deux pruneaux dans le crâne du monsieur, pour solde de tous comptes. Là-dessus, nous trissâmes par la porte de derrière.

La rue était déserte. Pas d'autre bagnole que la nôtre et personne, sauf Albert. Tout le monde se pressait dans l'autre rue. L'excellente diversion de la bombe portait ses fruits. Nous démarrâmes à allure normale, sans autrement attirer l'attention.

Nous croisâmes un car de police, amenant un service d'ordre sur les lieux de l'explosion. Il passa et ses occupants nous ignorèrent. Albert accéléra légèrement. La voiture lui obéissait avec souplesse. C'était une mécanique impeccable. Albert était seul sur le siège avant. Je partageais la banquette arrière avec Paul. La blessure du bossu se réduisait à une simple égratignure. Le veston avait davantage dégusté que la chair. Tout allait bien. Le butin transvasé des serviettes dans un sac et chacun nos membres en parfait état de fonctionnement, nous étions fins prêts pour la deuxième partie de notre boulot.

Nous passâmes le fleuve, nous engageant dans les quartiers paisibles, ignorants de nos récents exploits. Sur mes recommandations, Albert taquina le champignon. Il ne fallait pas arriver trop tard aux Abattoirs. Soudain, un barrage, et comme nous attendions le signal vert, un flic en uniforme bondit vers nous :

« Et alors, grogna-t-il, vous vous croyez sur un autodrome?

– Allez, allez m'sieu l'agent, vous fâchez pas, répondit Albert, bonasse.

– Il existe des règlements, dit l'autre. »

Il était à cheval dessus, ce qui constitue une position dangereuse. Les règlements remuent et on se casse la gueule.

« Bien sûr, qu'il y a des règlements, convint Albert, conciliant. »

Il guignait les signaux. L'agent remarqua Paul, tassé dans son coin. Quelque chose se mit en mouvement sous son képi.

« Montrez-moi vos papiers, ordonna-t-il, s'adressant à nous trois. »

Le feu vert s'alluma. Les deux autos qui nous précédaient se mirent en marche.

« La voie est libre, observa placidement Albert. »

Il embraya. Le flic jura :

« Vos papiers! »

Il sauta sur le marchepied.

« Ouais! » sifflai-je.

La terreur et l'incrédulité se peignirent sur son visage, que c'en fut irrésistiblement comique. Il réalisa au quart de tour que ses carottes étaient cuites. J'ignore s'il eut le temps de se représenter son propre enterrement, avec discours ému du préfet. Je lui donnai ça à bout portant. Il lâcha la voiture, battit des bras et roula sur la chaussée.

« Et maintenant, aux Abattoirs. »

Si ça continuait comme ça, la dénomination était de circonstance.

VIII

CLAIRIÈRE

Le repas terminé, nous allumâmes des cigarettes et Gloria servit le café. Elle déposa une bouteille d'armagnac sur un petit guéridon.

« J'espère que ça te plaira, sourit-elle.

– J'adore le bon café, dis-je.

– Je ne parlais pas du café », rectifia-t-elle, malicieusement.

L'appartement était coquet et douillet. Il devait faire bon y vivre. Un chat fouinait, cherchant une place convenable pour s'installer. Les meilleures étaient prises. Lautier occupait un coin du divan et Clermont, une connaissance commune perdue de vue depuis longtemps et retrouvée ce soir-là, se prélassait, comme moi-même, au creux d'un fauteuil. Gloria imitait le chat. Elle allait et venait, attentive, en parfaite maîtresse de maison, soucieuse des aises de ses hôtes. Lorsqu'elle pivotait, le mouvement de rotation imprimé à sa jupe me flanquait le vertige. Bon Dieu! que j'aimais cette fille! Elle serait à moi, un jour; il était impossible que ça n'arrivât pas. Bientôt, je... Le cafard me reprit. Tout ça, c'était du vent.

« De quoi parliez-vous donc? » bafouilla Clermont.

Nous avions bu pas mal. Il n'était pas entièrement à la conversation. Il s'assoupissait, alourdi par les vins.

« J'avais cru comprendre que vous étiez aussi spiritueux que spirituel, articula Lautier, en un ricanement méprisant.

– Qui? Moi?

– Non. Fraiger.

– Oh! ricanai-je à mon tour. Des légendes!

– Je suis persuadée, dit Gloria, qu'il court un tas de légendes sur ton compte.

– C'est bien possible. Je ne m'en plains pas. C'est un gage d'immortalité.

– Orgueilleux! »

Elle me tendit une tasse. En sourdine, l'appareil de radio modulait un blues. Elle se lova sur le divan. Lautier lui caressa l'épaule.

« Que fais-tu, ces temps-ci? demanda-t-elle, par-dessus sa tasse.

– Un peu de représentation.

– Ça marche? fit le mari, réprimant un bâillement.

– Pas trop mal. »

Donner des représentations qui marchaient même très bien, eût été plus exact. Dans la radio, des applaudissements crépitèrent. Le blues était terminé.

« Et voici notre dernier bulletin d'informations de la journée, annonça le speaker... A huit jours de l'extraordinaire équipée des bandis en auto... »

Lautier se leva et réduisit le poste au silence. Les allusions aux assassins de son père devaient importuner Gloria.

« Quelle histoire fantastique, dis-je, sans avoir l'air d'y toucher.

– Ils ne courront pas toujours, dit Lautier, se réjouissant à l'avance de leur capture.

– Il y a une semaine qu'ils ont attaqué la banque, tué un agent et dévalisé un chantier, dis-je, et on n'a pas recueilli sur eux le moindre renseignement...

– Parlons d'autre chose, dit-il.

– J'ai vu une belle pièce, récemment... »

Je me mis à réciter la critique dramatique lue dans un journal. Gloria caressait le chat. Il ronronnait sur sa poitrine. Brusquement, l'animal sauta à terre. Je l'appelai. Il vint se frotter à mes jambes. Je le caressai en regardant Gloria. Je surpris un regard hostile du mari. Clermont s'ébroua et reprit de l'armagnac.

« Pourquoi voulez-vous qu'on parle d'autre chose? » rauqua-t-il.

Il se raccrochait aux conversations toujours avec un peu de retard. Il me plaisait, ce gars-là. D'autant plus qu'il était dans la presse. Depuis quelque temps, j'avais un faible pour les journalistes.

« Oui, poursuivit-il, avec la ténacité des ivrognes, pourquoi voulez-vous qu'on parle d'autre chose? Eh! dites donc, ricana-t-il, ça ne serait pas vous, le gangster, par hasard?

– Buvez un coup, si ça peut vous clore le bec, gronda l'autre.

– Lautier n'est pas fou, fis-je, faussement apaisant. Ces bandits sont des fous.

– Oui, des fous homicides, dit Lautier.

– Dans la presse, c'est notre opinion. »

Qu'on le voulût ou non, la conversation s'embrayait sur la bande tragique. Je regardai Gloria. Ça devait lui faire mal. Et j'aurais tellement aimé me montrer doux avec elle, mais ce n'était sans doute pas dans mes possibilités. Sale truc, de ne pouvoir se refaire. Je me remémorai mon rêve, la figure de mode, la « page 22 ».

« A la réflexion, peut-être pas des fous homicides, dis-je. Aux Abattoirs, ça s'est passé sans effusion de sang...

– On se demande pourquoi. Ils avaient déjà tué deux hommes : le directeur de la banque et l'agent qui les interpellait. Plus, toujours à la banque, un blessé grave. Après tout, ils s'assignent peut-être un contingent de meurtres quotidiens... Tenez, continua Clermont, brandissant son verre et en répandant la moitié du contenu sur son pantalon, tenez, ce ne sont pas des malfaiteurs ordinaires, si vous voulez mon avis... Des fous... Des fous à lier...

– On les liera un jour, prophétisa Lautier.

– Je les déteste pour avoir tué mon père d'une façon aussi ignoble, soupira Gloria, mais...

– Est-on certain que ce soient les mêmes?

– Je vous croyais intelligent, Fraiger, dit Clermont. Ce bossu, dont on signale la présence dans chacun des attentats...

– On disait que c'était un faux infirme.

– Faux ou vrai, un type avec une bosse a participé à chacune de ces affaires... »

Paul causerait notre perte un jour, c'était inévitable. Mais je ne voyais pas comment me passer de lui. Un sentiment de perversité me poussait à le mettre en avant. Le même sentiment me faisait retourner le poignard dans la plaie de Gloria.

« Tu disais?...

– On ne sait que penser de ces hommes, dit-elle. Leurs

actes sont irrationnels. Des fous? Il fallait évidemment être fou pour s'acharner comme on l'a fait sur mon père. Mais peut-être, aussi, des désespérés...

– Des désespérés! s'exclama Clermont. Voilà le mot. Je vais tartiner quelque chose là-dessus.

– Je vous en prie, parlons d'autre chose », répéta Lautier.

Clermont ne tint aucun compte de l'objection. Il reprit de l'armagnac et raconta que la terreur s'emparait des populations.

« Je me demande quelle est leur vie, murmura Gloria, rêveusement.

– Celle qu'ils ont choisie, dis-je. J'espère qu'ils ne se font aucune illusion sur l'issue de la lutte qu'ils ont engagée contre la société. En attendant, ils vivent peut-être pleinement.

– Vivre dans le sang et l'horreur n'est pas vivre, objecta-t-elle.

– On ne choisit pas sa vie, dis-je.

– Vous n'êtes pas à une contradiction près », fit Lautier, heureux de me faire passer pour un imbécile ou un inconséquent.

Il avait mis le doigt dessus, ce porc. Je n'étais pas à une contradiction près, en effet. La vie n'était qu'un tissu de contradictions. La vie était dégueulasse. Ce n'était pas vivre qu'il fallait dire, mais dégueulasser, gueuler, engueuler et dégueuler. Je me levai, en souriant.

« Dites donc... »

Quelle eût été leur réaction si je leur avais avoué, là, de but en blanc, que le tueur dont tout le monde s'entretenait, c'était moi?

« Eh bien! » interrogea Gloria.

Je me ressaisis.

« Je vais reprendre un peu d'armagnac et m'en aller, dis-je. Demain, il faut que je me lève tôt.

– Moi aussi », bâilla Lautier.

Que je me décide à partir ne lui déplaisait pas.

IX

RÊVERIE

Plus d'une semaine s'était écoulée depuis notre journée si chargée qui avait vu le pillage d'une banque, le meurtre en pleine rue d'un agent et le vol de la paye des ouvriers d'un chantier, et nous avions toujours les honneurs de la « une » dans la presse à grand tirage.

Clermont avait raison. Notre activité commençait à agiter le bon peuple et brouiller les esprits. Une atmosphère de terreur régnait partout, et de braves honnêtes gens, qui n'auraient pas fait de mal à une mouche et payaient ponctuellement leurs impôts, profitaient de l'occasion pour, ayant à se plaindre d'un voisin, d'un ami, voire d'un parent, le dénoncer anonymement aux autorités comme susceptible d'être affilié au gang tragique. Cette avalanche de dénonciations erronées ou fantaisistes déroutait les enquêteurs et faisait notre jeu.

Les flics devenaient enragés. Ils arrêtèrent au petit bonheur quelques citoyens qu'il fallut relâcher, avec ou sans excuses. Les journaux entreprirent de cribler la police de sarcasmes, mais bientôt certains éditorialistes se montrèrent plus acerbes et la taxèrent sans ambages d'incapacité. Ce fut ce moment, périlleux entre tous, que choisirent deux jeunes gens, jaloux de nos lauriers, pour se livrer contre un bureau de poste à une attaque de grand style, imité du nôtre. Résultat : ils se firent ceinturer juste devant la boîte aux lettres et leur interrogatoire roula surtout sur les usines Folk et divertissements ultérieurs.

Or, l'un des jeunes gens était voûté. Il tenait cette fâcheuse particularité physique à la fois d'une hérédité plus chargée que le pétard qu'il brandissait devant les employés des P.T.T. et d'une enfance idyllique, moins riche en soins attentifs qu'en coups de trique et sous-alimentation. Aussitôt, des chants d'allégresse s'élevèrent. On tenait enfin les redoutables malfaiteurs. Le bossu! Le fameux bossu! Certes, il n'était pas « monstrueusement bossu », comme on avait prétendu, mais... etc. Le plus beau, c'est que cet avorton vicelard, suggestionné sans doute à coups de nerf de bœuf – histoire de le rajeunir – avoua tout ce qu'on voulut. L'affaire Folk? Il ne connaissait que ça. La banque? Idem. L'agent? Il ne dit pas l'avoir coupé en morceaux, mais presque. Le chantier des Abattoirs? Je vais vous expliquer... Son copain se débattait comme un beau diable, mais ça ne faisait rien.

Il me rendait un peu jaloux, ce gangster à la mamelle. A la faveur de ses vantardises plus ou moins spontanées, on nous oublia un peu. La presse y alla de ses trémolos habituels sur l'adolescence délinquante. Ces croquemitaines sous les verrous, la tranquillité revint. Les encaisseurs recommencèrent à circuler sans salir leur pantalon. Parfois même un sourire illuminait leur face ingrate. Nous profitâmes de cette période d'euphorie pour en estourbir un, en plein midi, un jour où il faisait particulièrement chaud, surtout pour l'encaisseur en question.

Évidemment, après ce coup – « Il est signé », écrivit un

spécialiste des titres percutants – le pégriot embastillé ne put persévérer dans son attitude. Il redevint ce qu'il avait toujours été : un pauvre mec sans envergure, et les bons apôtres de la presse ou de la rue n'eurent pas assez d'adjectifs à leur disposition pour le stigmatiser comme il convenait. On l'avait traîné dans la boue quand il s'était accusé de tout ce dont on voulait qu'il s'accuse. On découvrit brusquement que c'était un fieffé menteur, ce qui, aux yeux de certains, aggravait considérablement son cas.

Bref, nous reprîmes la vedette et les flics, aiguillonnés, recommencèrent à grincer des dents. Notre non-appartenance à la pègre ne facilitait pas leur travail. Nous n'étions pas des gangsters ordinaires. Cela nous donnait un avantage momentané.

Le mystérieux trio sanglant... Chaque matin, les populations avalaient des titres de cet acabit. En dépit de toutes les enquêtes, on n'en savait pas plus. Nous étions trois; nous étions sanglants (c'était visible à l'œil nu) et nous étions mystérieux, ce qui n'arrangeait rien.

Il y avait bien ce sacré bossu, mais un doute subsistait quant à l'authenticité de la bosse. On arrêta quelques infirmes, de-ci de-là. Après chaque coup, Paul se terrait soigneusement.

L'encaisseur à qui nous avions servi un déjeuner à la sauce plombée nous avait légué une sacoche contenant de quoi nous reposer un certain temps sur nos lauriers. Ce n'était pas que j'y tenais beaucoup, mais souffler un peu nous ferait du bien. Je pensai à Christ et à la vie paisible que je lui avais dit vouloir mener et je me suis mis en quête d'une villa à louer.

***

En un mouvement de colère, Paul arracha de ses lèvres la cigarette à demi consumée qui y pendait. Il la jeta vers l'assiette ébréchée faisant fonction de cendrier où séjournait déjà une kyrielle de mégots. Elle tomba à côté. Il en roula immédiatement une, l'alluma et me rejoignit à la fenêtre. En passant, il écrasa son dernier mégot sous le pied.

De notre observatoire, nous découvrions le terrain en friche s'étendant derrière la villa. Il descendait en pente douce vers le fleuve. Un haut mur couvert de lierre nous cachait la vue de l'eau, mais nous entendions le staccato des remorqueurs et parfois leur hurlement rauque. Les arbres bruissaient. Un vent s'était levé qui chassait la pluie sur les vitres.

« Il pleut », constata Paul.

Je le regardai en silence.

Je tournai la tête et examinai la pièce. Pour moins laid que celui des hôtels louches et bon marché où nous avions toujours vécu, le décor était minable tout de même. Le tapis râpé, les meubles bancals, poussiéreux et de style incertain, faisaient partie de la maison, et, jusqu'à ce que je me présente à l'agent de location qui détenait ce rossignol, personne n'avait voulu de l'ensemble. C'était trop isolé, situé sur un chemin de traverse impraticable en hiver et trop loin de la ville. L'endroit convenait seulement à des zigottos de notre espèce.

« Oui, dis-je enfin. Il pleut. »

Ça dégringolait depuis le matin. L'humidité perçait à travers les murailles. Nous en étions moites nous-mêmes. Je me secouai :

« Si on buvait un coup? proposai-je. »

J'ouvris un placard, en sortis une bouteille d'alcool et nous entreprîmes de lever le coude. Le réveil, sur une étagère, hachait le temps.

« Quatre heures, remarqua Paul, en reprenant du rhum. Albert doit être au cinéma.

– Albert n'a pas l'esprit campagnard », dis-je.

Il nous avait juste aidés à déplacer les meubles, puis était retourné vivre en ville. Non, il n'avait pas l'esprit campagnard.

« Il n'est pas comme nous », ricana Paul.

Il se voûta davantage et eut de nouvelles familiarités pour la bouteille. Je m'en fus en chercher une autre dans le placard. Si le bossu continuait à ce régime, il ne resterait plus une goutte pour moi. Il tira un jeu de cartes de sa poche.

« Une belote?

– Sais pas jouer, dis-je en haussant les épaules. Ou si peu... »

Depuis le temps qu'il m'invitait, il aurait dû le savoir.

« Bon », se résigna-t-il, comme d'habitude.

Il se leva, alla à la table, la débarrassa du tapis et entama une réussite. Je m'installai confortablement sur un coin du divan et recommençai à bécoter la bouteille. C'était tarte que le lendemain on eût la gueule de bois, avec tout son cortège de sentiments cafardeux et même de terreur, car quelques centilitres d'alcool, ça vous rebecte vachement un bonhomme. Seulement, il faudrait savoir s'arrêter à temps. Enfin... c'était comme ça...

Le demi-litre séché, je retournai à la fenêtre. La pluie avait cessé. Les arbres gouttaient, mais il ne pleuvait plus.

Je sortis de la pièce, traversai celles du devant de la maison et allai me planter sur le perron. Il ne pleuvait plus, mais ça remettrait sans doute ça bientôt, le ton ardoisé du ciel me l'indiquait. Toutefois, pour ce que j'en avais à foutre! Au bout d'un moment, je rentrai, montai à l'étage, dans ma chambre, revêtis un trench-coat et mis un chapeau. En passant devant la glace, je me souris. J'étais un mignon jeune premier, avec ma barbe de trois jours.

« Vais faire une balade, dis-je, de retour auprès de Paul. Tu viens? »

Il secoua la tête. Une fois plongé dans ses réussites, il s'efforçait de les mener à bien. Il n'y parvenait jamais, mais ça le distrayait. Je me tapai encore un doigt d'alcool et emportai la bouteille. Je gagnai le garage et sortis la voiture. Avec celle-ci, on pouvait circuler franco. Nous l'avions payée de notre bon pèze. Une occasion. Rien de luxueux, mais de la bonne camelote, solide et pas voyante : le genre sérieux.

Je pris à gauche et m'enfonçai dans la campagne à allure modérée, n'activant un peu que pour entrer violemment dans les flaques d'eau qui, par leur surface, méritaient un tel traitement. J'aimais soulever des gerbes boueuses. Aussi loin que portait ma vue, je ne découvrais personne. Je passai devant deux ou trois villas, aussi isolées que la nôtre, mais de meilleure apparence. En dépit des averses récentes, des oiseaux s'interpellaient d'un arbre à l'autre. Nous étions en été; il ne pleuvrait pas jusqu'à la Saint-Glinglin. J'avais déposé la bouteille de rhum sur le siège libre à mon côté. Je lui dis un petit bonjour et la reposai avec précaution. Je roulai encore un peu, puis, tout souriant, tournai le visage vers le siège vide.

« Heureuse, Gloria ? » demandai-je.

Je fis comme si elle était là et me répondait :

« Oui. »

L'éclat aurifère de ses yeux n'avait jamais été aussi intense. Je me demandai quelle couleur ils prenaient, dans le plaisir. Je ne le saurais certainement jamais, car alors elle fermait les paupières et avait l'air d'une enfant. Elle sourit. Sa bouche et ses dents me fascinaient. Elle se pelotonna contre moi. Ses cheveux me caressèrent. Je frissonnai.

« Tu vas nous faire avoir un accident, dis-je.

– Pas avec moi, chéri, murmura-t-elle.

– Pourquoi pas avec toi ?

– Je suis ta mascotte, mon chou. »

Je me mis à rire.

« Et moi qui avais pensé que je ne mourrai que par toi...

– Méchant ! »

Elle prit un air faussement sévère. C'était doux. Je posai ma main sur sa cuisse. Ses doigts serrèrent les miens. Une voiture de haut luxe nous emmenait. La veille, au casino...

« Je n'aime pas ce grand maigre que nous avons rencontré, dis-je.

– Celui qui voulait me faire la cour dans le jardin ? »

Elle rit. Une phrase pareille l'amusait.

« Ils te font tous la cour.

– Je ne sais pas ce que j'ai. J'attire les hommes.

– Tu es trop belle.

– Certains, poursuivit-elle, malicieusement, m'attendent des années. Je me demande pourquoi. »

J'empoignai la bouteille de rhum et la débouchai

nerveusement, d'un coup de dent rageur. Le bouchon roula à mes pieds. Que je boive n'eût certainement pas plu à Gloria. Mais pour la conserver encore un instant à mes côtés, blottie contre mon épaule, il me fallait boire. J'avalai une gorgée brûlante d'alcool. Je remis la bouteille sur le siège après l'avoir rebouchée.

« Mon amour », chuchota Gloria.

Je serrai sa cuisse.

« ... Pourquoi as-tu tant tardé?

– Je ne sais pas, dis-je. Je t'aime comme jamais tu ne seras aimée.

– Mon amour, répéta-t-elle. »

La chambre sentait l'œillet. Un vase en contenait, ainsi que des roses. Un tapis de haute laine amortissait le bruit des pas. Le divan croulait sous les fourrures. Gloria était devant moi, le chemisier mal boutonné.

« Boutonne-toi...

– Que veux-tu, dit-elle, coquette, ça gonfle... »

J'insérai ma main sous la soie et lui caressai le sein.

Je stoppai.

A quelques mètres coulait le fleuve. Je m'envoyai le restant d'alcool, quittai la voiture et m'approchai de la berge à travers la végétation ruisselante. Le courant entraînait des quantités de saletés. L'eau plombée reflétait les arbres de la rive. Je me pris à penser que c'était tout cela qui conférait aux noyés cette couleur spéciale de la peau. Cela déteignait sur eux. Je restai là, les pieds dans la boue et l'humus, le temps de fumer deux cigarettes. Ensuite, je remontai en voiture et rentrai à la villa. La nuit tombait.

Paul gisait à plat ventre sur le divan. Il ronflait. Il s'était saoulé sans terminer sa réussite. Je le laissai dormir et montai dans ma chambre, lesté d'une autre bouteille. Je ne fis pas la lumière. J'ouvris la fenêtre sur la nuit. La terre détrempée sentait fort. Le ciel, brusquement nettoyé, resplendissait d'étoiles, gage de beau temps futur, réduisant à néant mes récents pronostics. Je savais de longue date le cas qu'il fallait faire de mes pronostics, quels qu'ils soient. Un grand calme pénétra dans la pièce. Je me jetai tout habillé sur le lit et entamai la bouteille, buvant à même le goulot.

« Gloria! »

Ç'eût été une belle nuit sans, de par le monde, cette bande de vaches en train de forniquer.

X

GISÈLE

De bonne heure, le lendemain, un soleil éclatant, pénétrant à flots dans ma chambre, me tira de mon sommeil de plomb. J'avais une formidable gueule de bois et Paul était logé à la même enseigne. Je le retrouvai, dans la pièce du bas, sur le tapis râpé. Il était tombé du divan sans s'en rendre compte.

« Bon Dieu! articula-t-il avec difficulté, si ça dure encore longtemps, on finira alcooliques...

– Il faut que ça se tasse, dis-je. Quand on aura vraiment le sac, on filera à l'étranger. »

Il se frictionna la tignasse.

« Quand est-ce qu'on tue quelqu'un? demanda-t-il, très naturellement.

– Pour le moment, laissons courir. On a de quoi vivre...

– T'appelles ça vivre?

– Ne te laisse pas abattre. Attends encore un peu et je te le dis, quand on aura le sac, mais alors là ce qui s'appelle le sac, nous filerons à l'étranger et il ne sera plus question de se planquer et toutes les belles gonzesses viendront nous manger dans la main...

– Je m'emmerde, bâilla-t-il. On devrait buter quelqu'un. Ça passerait le temps... Je me marre, ajouta-t-il en ricanant, en pensant à la gueule du flic de l'autre jour. Tu te souviens de sa gueule? »

Je le laissai se délecter de souvenirs aussi comiques, pris un bain et me rasai. Ces ablutions atténuèrent les effets physiques de la gueule de bois. Je sortis la voiture et allai acheter les journaux et des victuailles. La presse ne signalait rien de particulier. A nouveau, nous étions relégués en troisième page. Tantôt ça me plaisait, tantôt pas. La « une » était consacrée à l'évasion de trois pupilles féminines d'une maison de redressement.

***

La journée se traîna lamentablement. Pluie ou soleil, c'était du kif. Je serais bien allé faire un tour en ville, mais j'avais scrupule à laisser Paul seul. Vers le soir, je me dis que, puisque nous avions à boire, nous serions bien bêtes de nous en priver. Je sortis une bouteille entamée, décidé à y aller mou. Un verre ou deux, pas davantage : histoire de nous rendre optimistes.

Ce n'était pas la note d'électricité qui nous ruinerait. La nuit était venue et nous restions dans la pénombre. Lorsque nous tirions sur nos cigarettes, un point rouge, avivé, nous signalait l'un à l'autre. Nous n'avions pas le courage de nous lever et d'aller manœuvrer le commutateur. Les fenêtres étaient ouvertes sur le reposant calme nocturne, troublé de temps à autre par l'aboi lointain d'un chien. Nous ne parlions pas. Nous n'avions rien à nous dire.

Soudain, je me dressai, en un bond silencieux. Paul en

fit autant. Il me toucha le bras. Moi aussi, j'avais entendu un froissement singulier de feuilles et comme la chute d'un corps sur le devant de la maison. Nous sortîmes nos revolvers respectifs et, à pas de loup, partîmes en reconnaissance. A travers le tarabiscotage à claire-voie de la porte d'entrée du pavillon, nous aperçûmes une ombre qui traversait le jardin. Je tournai l'interrupteur commandant la grosse ampoule du perron et la lumière enveloppa une femme qui s'enfuit aussitôt vers la haie.

« Arrêtez ou je tire! » m'écriai-je.

Paul rengaina son revolver et se précipita. Peu après, il ramenait la fugitive, plus morte que vive. C'était une môme de seize ans environ, vêtue de frusques dérobées selon toute vraisemblance à divers épouvantails à moineaux de la région. Elle avait un joli visage, éclairé d'yeux à la fois durs et inquiets. Un pli d'amertume lui abaissait la bouche. Les cheveux bruns qui lui tombaient sur les épaules auraient eu besoin d'un sérieux coup de peigne, comme d'un stoppage sa jupe et son corsage. Celui-ci, malmené par Paul, s'était déchiré et j'aperçus par les accrocs une chemise de grosse toile marquée à l'encre typographique. Je sifflotai et remisai mon arme.

« Entrons », dis-je.

J'éteignis l'ampoule du perron et allumai à l'intérieur. Paul jeta sa proie sur le divan, alla fermer les fenêtres et tirer les rideaux.

« Et alors, poupée? m'esclaffai-je. On venait nous cambrioler?

– Vous n'avez pas des têtes à craindre ça, répliqua-t-elle du tac au tac.

– T'as pas froid aux yeux, hein? »

Elle me toisa avec insolence. J'esquissai un geste de

menace. Elle se protégea sous son bras instinctivement replié. Ses yeux sombres – chauds ou non – exprimèrent une peur animale.

« T'as peur des... corrections? rigolai-je de plus belle, en insistant sur le mot.

– Laissez-moi partir », dit-elle.

J'appuyai sur sa poitrine et la forçai à se rasseoir. Je lui dégrafai entièrement le corsage et tâtai sa chemise.

« T'as du beau linge. Des dessous à ton chiffre... ou à celui de l'administration pénitenciaire... Qui es-tu? demandai-je, en consultant rapidement un journal qui traînait à ma portée. Simone, Gisèle ou Marie? Le matricule 1 635, 1 215 ou 7 143?

– Bon Dieu! jura Paul. C'est....

– ... Une de nos petites évadées, oui.

– Laissez-moi me tirer, répéta la fille.

– Non, dis-je, en secouant énergiquement la tête. Ce serait malsain pour toi. Ici, tu ne crains rien...

– ... Jusqu'à ce que vous me livriez.

– Écoute, poupée, tu m'as l'air d'une fameuse tête de cochon. Moi aussi. C'est pour ça que je t'ai bousculée, tout à l'heure. Faut m'excuser. Je suis plutôt à cran, aujourd'hui. Un de mes oncles a clabotté en me déshéritant. Il ne me reste que cette bicoque et je ne sais pas si je dispose de suffisamment de pognon pour la conserver six mois. Alors, mimi, tu te rends compte? A part ça, je suis bon bougre et, avec nous, t'as rien à craindre. On est affranchis. Si nous n'avons pas des gueules à être cambriolés, nous ne sommes pas davantage des mouchards...

– Pour sûr, approuva Paul.

– ... Toi et nous, on est frangins, poupée. Nous faisons chacun le désespoir de notre famille... »

Paul la considérait avec un drôle d'air. Il pivota et se débina à la cuisine. Il revint avec du pain, des tranches de jambon et du vin.

« Tape-toi ça, dit-il. Tu dois en avoir besoin. En taule, c'était le régime Jockey et dehors, ça ne valait guère mieux, hein? Tape-toi ça! »

Elle ne se fit pas prier et mordit à belles dents dans les victuailles.

« Ça ne fait rien, baragouina-t-elle, la bouche pleine, vous êtes de drôles de paroissiens. Vous commencez par m'engueuler et puis vous m'offrez à bouffer.

– Faut pas faire attention, ricanai-je. On est des petits compliqués. »

Elle reprit du jambon.

« C'est chouette, chez vous, remarqua-t-elle, après un regard circulaire.

– Ça casse rien, protesta Paul. Mais on est tranquille... Personne ne viendra te chercher ici... »

Il l'avait adoptée. Il lui versa un autre verre de rouge.

« T'étais en taule depuis quand? demanda-t-il brusquement.

– Un an. »

Le bossu me lança un rapide regard entendu. Elle ne devait rien savoir des exploits des bandits en auto. C'était aussi bien.

« Tu filais la vingt et une?

– Oui. »

Il lui versa encore à boire et s'assit à ses côtés sur le divan. Il commençait à ne plus savoir quoi faire de ses mains. Je n'éprouvai pas le besoin de demander à la fille pourquoi elle était « tombée ». Ça devait être l'éternelle histoire : taudis, parents indignes et le toutime. Je m'octroyai un dé à coudre d'alcool.

« Tu ne nous as toujours pas dit ton nom.

– Gisèle.

– C'est un joli nom », fit Paul.

C'était à vomir. Tous, même cet infirme, tombaient les gonzesses avec des constatations idiotes de ce genre.

« C'est un nom d'héroïne de roman à quatre ronds, rectifiai-je. Un blaze d'Uniprix.

– T'es guère galant », bégaya-t-elle.

Ses yeux sombres brillaient. Elle reprit du vin. Un début d'ivresse la gagnait sensiblement. Sa bouche s'humecta. Elle se secoua. Ses cheveux noirs voltigèrent.

« Fait pas froid, ici, dit-elle.

– Mets-toi à ton aise », suggéra Paul.

Elle se laissa ôter le corsage sans protester. Il passa sa main dans l'échancrure de la chemise et se mit en devoir de la peloter.

« Eh! dis donc, gloussa-t-elle. Que fais-tu, beau masque?

– Moi? Rien », sourit-il.

Il continua doucement son manège. Un désir violent le secouait tout entier. Il se maîtrisait pour ne pas l'assouvir tout de suite. Il le communiqua à la fille qui, brusquement, arracha sa chemise. Les seins jaillirent, petits, ronds, les pointes dressées comme les dards. Elle se renversa sur le divan, entraînant Paul. Elle lui saisit la tête à deux mains et l'écrasa sur sa poitrine, en balbutiant. Il se mit à téter comme un enfant. Gisèle s'alanguit. Paul poussa un sourd gémissement auquel fit écho le râle satisfait de sa partenaire.

Un âcre goût de rhum aux lèvres, j'assistais au spectacle.

Elle avait de jolies mains, malgré le deuil des ongles et l'avilissante besogne de l'atelier pénitenciaire, et c'était hallucinant de les voir se crisper de plaisir sur la bosse de l'infirme.

Le couple s'apaisa. Paul s'ébroua. La fille triturait le reps du divan. Paul eut un geste expressif d'invitation. J'étais ému au plus haut degré, mais cette môme n'avait pas froid aux yeux. Je déclinai l'offre.

Il ne chercha pas à approfondir. Son visage s'illumina à la pensée qu'il l'aurait pour lui tout seul. Après tout, sa proposition n'était qu'une sorte de clause de style, un tribut à notre amitié qu'il n'était pas mécontent de me voir repousser. Il revint à la fille, lui parcourut le corps de baisers. Les seins, à nouveau, érectèrent. Il l'aida à quitter le divan. Ils se tinrent enlacés, danseurs immobiles. Paul enfouit son visage dans les cheveux noirs.

Ils montèrent dans sa chambre. Je les entendis marcher au-dessus de moi. Le lit grinça.

Je restai seul avec la bouteille.

XI

NUIT

A dater de ce jour, la villa abrita deux tourtereaux maison. Ils étaient disparates, mais paraissaient s'aimer. Parlez d'un couple! D'une incursion en ville, je ramenai des vêtements féminins décents et une cargaison de produits de beauté. Si une souris s'était introduite dans notre retraite, qu'elle eût au moins de l'allure. De l'allure? Bon Dieu! Lorsque, ce soir-là, convenablement habillée, peignée, parfumée et maquillée, Gisèle nous rejoignit dans la salle à manger, Paul en eut le respir coupé et rougit d'orgueil d'être l'amant d'une poupée si désirable et, personnellement, je me dis que j'étais une fameuse nouille, qu'une sœur comme ça j'aurais dû me l'envoyer, quand c'était possible... Nous nous mîmes à table. Gisèle s'inquiéta de ce que pouvaient dire les journaux.

« Tes deux copines ont été reprises », annonçai-je.

Elle voulut lire l'article.

« Pas de veine! » dit-elle, hochant la tête.

Elle se regarda, tâta sa robe neuve. Ça ne sortait pas de chez le grand couturier, mais c'était loin de l'ignoble droguet. Elle se passa la main dans les cheveux. Ils flottaient, libres. Nul bonnet étroit ne les emprisonnait.

« T'as plus rien à craindre, toi », la rassura Paul.

Elle secoua les épaules, comme pour se débarrasser d'un fardeau et parcourut les autres pages du journal, par besoin de distraction.

« Qu'est-ce que c'est que ces gangsters? s'exclama-t-elle soudain, en arrêt devant un entrefilet nous concernant. J'en ai vaguement entendu parler tout de suite après mon évasion. On a l'air d'en faire tout un plat...

– Il y a une belle prime pour qui facilitera leur capture, fis-je, insidieusement.

– Combien? demanda-t-elle, histoire de poursuivre la conversation et oublier ses deux malchanceuses compagnes.

– Je ne sais pas au juste, mais ça doit représenter un gros matelas de biftons. Il y en a qui tueraient père et mère pour l'obtenir.

– Je voudrais pas de ce pèze, cracha-t-elle avec conviction.

– On dit ça...

– Moi, je le pense.

– Prime ou pas prime, gangsters ou non, intervint Paul, agacé, qu'est-ce que ça peut bien nous foutre? Laissons donc ces gnares-là se débrouiller... Quant à toi, Gisèle, ajouta-t-il, je crois que tu es parée. Ils ne te remettront jamais le grappin dessus. Jam' de lav'!

– J'ai eu du nez de m'aventurer par ici, hein? rit-elle. La réception laissait tout d'abord à désirer, mais j'ai eu une sacrée veine tout de même de tomber sur des mecs aussi sympas que vous... »

Je me levai de table avant la fin du repas. Maintenant

que Paul avait de la compagnie, il m'était plus facile d'aller en ville.

***

Dès les premières maisons des faubourgs, j'arrêtai la bagnole devant un bistrot et téléphonai à Gloria.

« Oh! Jean! s'exclama-t-elle. Quelle surprise! Tu te fais rare.

– Beaucoup de travail en province, expliquai-je.

– Tout le monde s'en va donc en province et me laisse seule? » fit-elle, avec un petit rire de gorge.

Et elle m'apprit que les affaires de son mari l'appelaient souvent loin de la capitale, ces derniers temps.

« Tu devrais me sortir, suggéra-t-elle.

– Eh bien!... euh... bafouillai-je. Qu'entends-tu par sortir? Je ne peux pas passer te prendre avant une heure ou deux. J'ai encore un type à voir.

– J'aimerais aller au cinéma. Es-tu libre pour la séance de dix heures?

– Certainement.

– Alors, à bientôt ».

Elle raccrocha. Je composai le numéro d'appel de l'hôtel d'Albert.

« Bouge pas, dis-je. Je voudrais te voir. »

Vingt minutes plus tard, j'entrais dans la chambre de mon affilié.

« Pas de pétard? » demandai-je, en lui serrant la main.

Ses sourcils épais se dressèrent comme ceux, artificiels, d'un clown. Il rigola.

« Secteur calme. A se demander si c'est vrai. C'est

épatant de ne pas avoir d'antécédents judiciaires, comme ils disent. On a moins de chances d'être faits.

– Oui, approuvai-je. Pour faire un bon criminel, faut avoir été longtemps un honnête homme. Il ne faut jamais débuter trop jeune. Tout le secret de la réussite est là.. Ce n'est pas tout ça, ajoutai-je, mais c'est vraiment le gros sac qu'il nous faudrait. Je ne sais pas si tu es comme moi, mais j'éprouve le besoin d'être bourré de pognon. Bien lestés, nous pourrions filer à l'étranger et... Enfin, tu comprends, quoi! Nous devrions encore profiter de notre chance... »

Il me dit qu'il comprenait. Il ne comprenait pas du tout, car je n'avais jamais eu l'intention de passer la frontière. Mais je désirais beaucoup de pognon.

« On se reverra, dis-je. On avisera.

– D'ac », fit-il.

Je le quittai et filai chez Gloria. Elle s'impatientait. Son pied chaussé de serpent martelait le tapis et elle avançait cette moue légèrement grondeuse qui m'émouvait tant. Cette fille aurait appris à me bouleverser qu'elle n'aurait pas agi autrement. Elle m'aborda en disant qu'elle commençait à redouter un lapin. Je protestai que ce n'était pas mon genre.

« De toute façon, trancha-t-elle, avec un geste vers la pendulette, si nous ne trouvons pas de taxi, nous arriverons en retard au spectacle. »

Je souris.

« Un taxi? Quel taxi? Tu ne le croiras certainement qu'une fois en bas, mais j'ai une voiture.

– Une voiture, Jean? Tu t'es donc décidé à travailler sérieusement?

– Oui, très sérieusement », dis-je.

Nous passâmes une soirée délicieuse. Le temps que je passais auprès de Gloria était toujours délicieux. Après, ça changeait. C'était comme avec l'alcool. Ça me procurait une malsaine et intolérable gueule de bois.

***

Je la reconduisis et la porte de l'immeuble se referma sur elle avec un déclic sourd qui me fit un sale effet. Je restai songeur, appuyé au volant. Le couloir s'éclaira; je perçus, dans le calme de la nuit, le ronron étouffé de l'ascenseur. La minuterie s'éteignit en parfait synchronisme avec l'illumination de ses fenêtres. J'eus un bref regard pour elles et démarrai.

Je fis une rapide station dans deux ou trois bars rencontrés sur ma route et encore ouverts malgré l'heure tardive. Puis je me mis en quête d'une putain.

Je filai vers le quartier des Halles où je savais que ça tapinait assez tard. Je garai la voiture le long d'un square et entrepris à pied l'exploration des sordides rues à turf. Elle étaient désertes. Je tombai enfin sur une prostituée bottée de cuir, au faciès de goule. Elle me balança une invite attendrie, agrémentée d'un sourire de bazar sur des dents pas plus cariées que d'autres et je répondis que ça collait. L'hôtel où elle opérait ouvrait son entrée louche dans une rue voisine. Dans le bureau chichement éclairé, un garçon mal rasé, avachi, somnolent et binoclard, hocha la tête à notre vue. La chambre réservée aux accouplements hâtifs était située au premier, dans le fond d'un couloir aux relents nauséeux. La fenêtre en était fermée et un rideau sale tiré sur elle. De lourds camions chargés de ravitaillement sillonnaient le boulevard et leur passage ébranlait tout l'immeuble.

« C'est plutôt bruyant, remarquai-je.
– Qu'est-ce que ça peut faire, mon coco? On n'y vient pas pour dormir. »

Elle me réclama sans plus attendre son petit cadeau et je me montrai généreux. Elle rangea le fric, m'engagea à me mettre à mon aise et commença à procéder à sa toilette. Lorsque ce fut mon tour, elle camoufla un rire sous la toux.

« Pourquoi ris-tu? demandai-je avec rudesse.
– Je ne ris pas », protesta-t-elle.

Je laissai tomber. Elle avait ri et je connaissais la cause de son hilarité méprisante. Je n'avais qu'à sortir, crier qui j'étais et j'aurais vu tout le monde déguerpir d'épouvante, et il fallait que cette saloperie se foute de moi! Je la bousculai et la pris sans autre forme.

« Dis donc, mon coco, grasseya-t-elle, t'as l'air d'un petit passionné, toi. »

Je bouillais de rage, de honte et de douleur... Peu après, je surpris dans son regard une nouvelle lueur moqueuse. Alors, une grande sérénité fondit en moi et, sortant un gros billet tout neuf de ma poche.

« Prends ça, souris-je. Je voudrais t'apprendre le coup de l'oreiller. Si tu le pratiques, tu gagneras du flouze. C'est un truc américain. Ça s'exécute debout, tout habillé, à l'exemple des mignons amoureux de portes cochères... »

J'articulai lentement, savourant mes paroles. Je me représentai feu Marcel. Je lui avais parlé avec la même douceur.

Elle hésita. Je l'intriguais. Ses yeux torves, brillant de convoitise, allèrent des miens au billet de banque. Je souriais. Angéliquement, ce doit être le mot. Elle avança la main, prit le billet et l'inséra dans son bas.

« Ch'savais bien qu't'étais un passionné, conclut-elle. Montre-moi voir c'tte combine. »

Je saisis l'oreiller, le plaçai entre nous deux, au niveau du ventre et serrai fortement du bras gauche cette saleté de putain idiote contre moi.

« As-tu toujours envie de rigoler? » demandai-je, la voix tremblante d'exaspération, confinant à l'éclat de rire.

Je ne lui permis pas de répondre. Je lui écrasai la bouche sous mes lèvres durcies par la haine. Je crois qu'à ce moment toute stupide qu'elle fût, elle comprit et eut peur. Elle se débattit. Ses jambes flageolèrent. J'augmentai mon étreinte et lui laissai avoir les jetons tout son saoul. Je tenais le revolver dans le poing droit. Je tirai deux fois. Elle prit ça dans le ventre et puis une troisième balle en plein palpitant, comme je l'envoyais dinguer sur le pajot.

Le bruit des camions avait couvert celui des détonations. Et l'oreiller les avait étouffées également, tout en empêchant que je me souille.

***

Tout au long du trajet de retour, je n'arrêtai pas de prononcer à ma manière l'oraison funèbre de cette ordure, inventant des injures pour les lui appliquer. Je parvins en vue de la villa. Un rai de lumière filtrait à travers les persiennes de la chambre de Paul. La cuisine était égalcment éclairée. Je garai la voiture et me dirigeai vers cct cndroit. Pieds nus, en chemise, le bossu préparait du thé.

« C'est la grande vie nocturne et cupidonesque, ricanai-je.

– Qu'est-ce qui ne va pas?... T'as l'air sombre, remarqua-t-il. Du vilain du côté d'Albert?

– Non. Rien... »

J'allumai une cigarette.

« ... C'est pour ici que je m'inquiète. Gisèle ne t'a pas questionné?

– Pourquoi voudrais-tu?... s'étonna-t-il.

– Je ne sais pas. Ça pourrait venir un jour ou l'autre. »

Là-dessus, j'allai me coucher.

XII

PIÈGE

Je dormis mal et me levai de bonne heure, le premier. Je m'en fus à la cuisine boire une série de jus et fouiller dans le tas de journaux emplissant un coffre. J'en fis un choix et découpai les articles nous concernant. Je remis les feuilles mutilées dans le fond du coffre et plaçai les coupures dans un petit sachet de toile. Ensuite, je me rasai, m'habillai et revins à la cuisine servir deux cafés que j'apportai tout souriant aux amoureux.

« Je m'absenterai assez souvent ces jours-ci, dis-je à Paul, avec un clignement d'yeux. Il me faut mettre au point cette histoire de succession... »

En ville, ma première visite fut pour Albert. Nous examinâmes deux ou trois possibilités d'attentats fructueux, déjà envisagés précédemment, mais abandonnés pour diverses raisons. Nous nous mîmes d'accord pour potasser celle qui offrait le plus d'intérêt.

Dans le courant de l'après-midi, je téléphonai à Gloria et passai quelques instants en sa compagnie.

Les journaux vespéraux m'apprirent le nom de ma dernière victime. La fille soumise Irma Rouc avait été assassinée par un client de passage. On supposait être en présence d'un règlement de comptes. Le meurtrier avait réussi à fuir sans autrement attirer l'attention en empruntant un couloir conduisant à une cour intérieure commune à deux immeubles. Le garçon de l'hôtel ne pouvait fournir de celui qu'il soupçonnait être l'assassin qu'un signalement dépourvu de précision.

Je pris connaissance de tous ces détails en grignotant un sandwich et réintégrai ma retraite champêtre.

Vautré sur le divan, dans le salon miteux, Paul fumait une cigarette. Encore qu'il fût bien tôt, Gisèle était allée se coucher.

« Tu l'esquintes, ricanai-je. Ou elle commence à en avoir marre.

– Bon Dieu! gémit-il, inquiet, j'espère que non... Tu ne peux pas savoir combien je suis heureux, Jean. »

Je m'en faisais une assez juste idée, précisément. Là résidait tout le drame.

« Tant mieux », dis-je.

Je jetai mon chapeau sur un meuble et allumai une cigarette.

« Tu devrais te dégoter une fille comme Gisèle, dit-il.

– J'y songe depuis longtemps, grimaçai-je. J'étais haut comme ça... »

Craignant m'avoir blessé, il changea de conversation :

« T'as vu Albert?

– Oui.

– Vous préparez quelque chose?

– Oui.

– Quel genre?

– Tu n'es pas dans la course », dis-je.

Il en lâcha son mégot.

« Je...

– Tu es heureux, sifflai-je. Les gens heureux ne sont pas à leur place dans nos entreprises... Question de réflexes...

– Mais... voy... voyons... Jean, bégaya-t-il.

– On en reparlera, coupai-je. En attendant, j'ai faim. Il reste quelque chose à bouffer? »

Muet, il me désigna la cuisine. J'y allai, me coupai un morceau de pain, ouvris une boîte de conserves et transportai ce repas froid dans le salon. Au moment de l'entamer :

« Me faut de la lecture, grognai-je. Comme ça, je n'ai pas l'impression de perdre mon temps. »

Je m'en fus fouiller dans le coffre à paperasses. J'en tirai les journaux découpés et rejoignis Paul.

« Tu n'es pas un peu cinglé? demandai-je, l'air courroucé.

– Qu'est-ce qu'il y a? » sursauta-t-il.

Je lui montrai les journaux.

« Tu t'intéresses un peu trop à tes propres exploits. Des collections comme ça mènent directement au bourreau. »

Il se dressa d'un bond, m'arracha les feuilles des mains.

« C'est...

– ... La série plus ou moins complète de nos crimes. Tu vas me faire le plaisir de ne pas conserver des documents de ce genre.

– Ce n'est pas moi qui ai fait ça, dit-il.

– C'est peut-être moi, ou le pape! Allons, tu as commis une bêtise. Ne recommence pas, voilà tout.

– Ce n'est pas moi », répéta-t-il, un profond désarroi perçant dans ses yeux et sa voix.

Je l'agrippai par le col de sa chemise.

« Nom de Dieu! crachai-je, comme sous le coup d'une révélation. Tu me jures que ce n'est pas toi?

– Ce n'est pas moi. »

Je le lâchai et égrenai un rire amer parfaitement imité. Assis sur le divan, il se prit la tête entre les mains et jura interminablement, sur un ton lamentable.

« Ce n'est pas possible », gémit-il enfin.

Et il hoqueta encore deux ou trois jurons, comme pour se vider, avec un bruit de machine qui se détraquait. Il était à point.

« On aurait dû l'envoyer promener le premier jour ou la livrer aux flics, dis-je, à voix basse. Ça nous aurait pourvus d'une auréole de bons citoyens... Maintenant, il est trop tard, poursuivis-je, insidieusement, sur un ton moins brutal que profondément attristé. Je reniflais que cette souris nous attirerait des pépins. Toutes des vaches et des putains, Paul, tu étais d'accord avec moi là-dessus dans le temps. Mais elle t'a fait changer d'avis. Elle t'a peut-être dit qu'elle t'aimait, non? Tu ne t'es donc jamais gaffé dans une glace? Tu n'as pas vu ta bosse, ta sale gueule et tout le saint-frusquin? Tu sais bien que tu n'as jamais eu de succès auprès des femmes, que tu es un objet de répulsion. Tu en as souffert. Et tu voudrais que ça change du jour au lendemain, parce que tu offres l'hospitalité à une fugitive? Cette môme n'a pas froid aux yeux, Paulo, et elle possède suffisamment de sex-appeal et d'allure pour tomber des Apollons ou un banquier et pas des malfrats de ton espèce. Et c'est ce qui arrivera si nous n'y mettons bon ordre. Si elle nous dénonce, elle ne retournera pas en cabane et elle palpera la prime. Tu es peut-être satisfait sexuellement, mais c'est payer un peu trop cher la passe et moi je refuse ce tarif-là...

– Ce n'est pas possible », répéta-t-il, en secouant douloureusement la tête.

Je continuai à le baratiner, usant de tout mon ascendant sur lui. J'instillai lentement le poison dans son âme.

« Je l'aime, dit-il. J'ignorais cette douceur : avoir une femme à soi...

– C'est toi qui lui appartiens, rectifiai-je. Et elle va te bazarder au bourreau.

– Je crois qu'elle m'aime aussi... »

Ce fut dit sans conviction. Je me contentai d'éclater de rire. Il se voûta davantage. Tout son être chavira.

« J'en aurai le cœur net, gronda-t-il. Je saurai si, oui ou non, elle m'a mené en bateau!... Si elle détient les articles...

– C'est, complétai-je, calmement, qu'elle se doute de notre qualité et que ça l'intéresse d'un point de vue tout particulier. Sinon, elle nous en aurait franchement fait part... »

Il se mit debout et resta planté là une bonne minute, oscillant de droite et de gauche, comme entraîné par sa bosse et luttant pour rétablir l'équilibre. Il porta les mains à sa poitrine, cherchant quelque chose, avisa son veston qui traînait sur le divan et l'endossa. Il se dirigea vers l'escalier.

Je pris un flacon de rhum dans la réserve et m'en versai un verre que je disposai à ma portée sans y toucher. Je mis une cigarette à ma bouche et préparai tout ce qu'il fallait pour l'allumer. Je sortis aussi mon pétard, les événements pouvant tourner contrairement à mes prévisions. C'eût été vraiment dommage.

Il y eut des pas au plafond. Je perçus le bruit étouffé d'un bref échange de paroles, puis celui d'une lutte plus brève encore. Enfin, un coup de feu claqua.

J'allumai ma cigarette et avalai une bouffée de fumée en même temps que le rhum. Gisèle l'avait dit elle-même : une fameuse veine de tomber sur des mecs aussi sympas que nous. En outre, les bossus portent bonheur.

***

Paul descendit l'escalier marche par marche. Il semblait s'être alourdi de cent kilos. Il mit un siècle à atteindre le rez-de-chaussée. Sa silhouette difforme s'incrivit enfin dans l'encadrement de la porte. Il s'appuya au chambranle. Des tics ravageaient son visage livide. Il tenait dans une main son revolver encore fumant, dans l'autre des morceaux de papier froissés. Il chancela et s'abattit sur le divan. L'arme, les coupures de journaux et le sachet qui les avait contenues s'éparpillèrent.

« C'est dégueulasse, sanglota-t-il, étreignant le coussin. Elle était en train de les lire, quand je suis entré... Elle a voulu les cacher... en me voyant... elle a prétendu qu'elle les avait trouvées... sais plus où... elle ne m'aimait pas... »

Sa bosse était énorme.

« ...Elle ne m'aimait pas... du bluff... elle allait nous vendre... je l'aimais... elle pas... toutes les mêmes... et je l'ai butée... c'est dégueulasse...

– La vie est dégueulasse », dis-je.

Je remisai mon arme, allumai une nouvelle cigarette au mégot de l'autre et repris du rhum.

Le jardin servirait de cimetière.

XIII

ALTERCATION

Quand, dans les préparatifs de l'attentat que nous projetions, j'en avais terminé avec Albert, je rendais visite à Gloria.

Maintenant, je négligeais de m'annoncer par téléphone. Lautier en avait encore pour deux semaines à séjourner en province. Cela me permettait d'arriver sans prévenir. J'aimais cela. Ça créait de nouvelles formes d'illusions que nos entrevues entretenaient. Parfois, je restais une heure ou deux auprès d'elle, dans son confortable appartement, à bavarder; parfois, nous sortions.

Quelques jours passèrent, au cours desquels ce programme fut rigoureusement observé, et je ne crois pas avoir jamais été si heureux. J'en arrivais à penser qu'après tout la vie n'était peut-être pas si moche et que le bonheur...

Paul lui-même, le bossu, avait bien eu sa chance...

Il est vrai que ça s'était mal terminé.

***

J'appuyai par trois fois sur le bouton de sonnette de l'appartement de Gloria. Un pas différent du sien retentit dans le couloir et la porte s'ouvrit. Je ne pus maîtriser un haut-le-corps. Lautier était devant moi, en regrettable avance sur l'horaire prévu. L'expression de déception et de surprise que revêtit mon visage provoqua chez lui un désagréable rire significatif.

« Ne partez pas, dit-il. Vous n'êtes pas précisément le bienvenu, mais j'ai à vous parler... »

Je bafouillai et le suivis dans le salon. Gloria s'y trouvait, ses beaux yeux dorés rougis aux paupières par les pleurs. Un vase était renversé et des fleurs gisaient sur le tapis. D'autres traces de désordre témoignaient qu'un chahut assez violent avait dû se dérouler dans le secteur.

« Alors, comme ça, ricana Lautier, sur un ton de froide colère, qu'il ne conserverait pas longtemps, alors, comme ça, on a son petit code, son petit signal pour s'annoncer, hein?... Il y a des années que tu me dégoûtes, Fraiger, et j'aurais dû te condamner ma porte; mais, aujourd'hui, je ne puis vraiment plus te sentir...

– Je t'en prie... » hasarda Gloria.

Il se tourna haineusement vers elle.

« Tais-toi! hurla-t-il. Tu profites de mes absences pour recevoir ce type à toute heure du jour ou de la nuit, sortir avec lui, etc. Je voudrais qu'il t'ait engrossée. Tu verrais un peu quelle graine il peut semer...

– Écoutez... »

Je fis celui qui voulait se justifier, m'interrompant sournoisement dès le premier mot, car il n'entrait pas du tout dans mes intentions de lui faire entendre raison. La concierge – chargée sans doute d'espionner – avait dû lui rapporter certaines choses en exagérant, ou lui-même se faisait-il une montagne d'une taupinière; mais, en tout cas, une chose était claire : il était en train, par son attitude, de s'aliéner définitivement Gloria. Qu'il la perdît donc, puisque ça lui plaisait, à ce porc!

Il nous abreuva d'injures, des injures auprès desquelles celles que j'avais récemment inventées pour en gratifier la charogne de catin ricaneuse n'étaient vraiment rien. C'est fou ce que la colère peut inspirer certains êtres et les doter d'imagination. Il arpentait la pièce, écrasant les fleurs, butant dans le vase, éructant ses grossièretés. Il perdait Gloria! Il se discréditait et perdait Gloria!

« Écoutez... répétai-je.

– Ta gueule! » beugla-t-il.

Il fondit sur moi comme l'éclair. Son poing partit. Je le stoppai à la base du menton. Je reculai en titubant. Il y avait peu, c'eût été un bon prétexte. Je l'aurais buté avec joie. Aujourd'hui, j'oubliais mon arme. J'avais peut-être des chances de vivre. Il ne fallait pas les gâcher inconsidérément. Il m'agrippa par les revers du veston.

« Tu vas peut-être me dire que tu n'as jamais couché avec? »

Je me dégageai.

« Vous êtes une andouille et un porc abruti, éclatai-je. Et Gloria devrait se nettoyer à l'eau de Javel pour s'être frottée à votre sale peau puante. Je n'ai pas couché avec, mais je ne puis nier que je l'aime, et que je l'aime mieux que vous. Il y a des années que je l'aime; je l'aime comme personne ne l'a jamais aimée, comme personne ne l'aimera jamais...

– Et tu n'as pas couché avec? ricana-t-il. L'aimant si violemment, la fréquentant assidûment, tu n'as pas tenté ta chance? Tu es un eunuque ou un con alors! Mais il ne faut pas vouloir me faire croire que tu l'es plus que tu n'en as l'air... »

Je me sentis blêmir. Ce fut comme l'application brutale d'un linge glacé sur mon visage. Je portai la main à mon veston, mais me ressaisis dans la seconde et, transformant mon geste initial, boutonnai soigneusement les trois boutons du vêtement, comme un pedzouille endimanché. Il ne fallait pas qu'au cours de la lutte le pétard sautât de ma poche. Je lui administrai une châtaigne. Il me la rendit avec usure. Mon nez saigna.

« Jean! » s'écria Gloria.

Je m'immobilisai. Il pouvait me rouer de coups. Je ne riposterais pas. Je ne voulais pas poursuivre la bagarre. Ça se terminerait trop mal. De son côté, Lautier n'essaya pas de pousser son avantage.

« Jean! Jean! fit-il, imitant le ton de sa femme. Jean! Jean! Je te le laisse, ton Jean. Soigne-lui ses bosses. Je vous laisse tous les deux. Et travaille comme un nègre, vieille cloche, comme j'ai travaillé moi-même pour passer à cette truie égoïste toutes ses fantaisies de luxe. Tu as souvent été fauché; tu l'es moins maintenant, semble-t-il, mais ça reviendra. La misère, c'est comme la vérole : ça ne se guérit jamais complètement. Quand tu recommenceras à être fauché, tu verras Madame, son caprice passé, chercher un partenaire plus argenté et ce sera à ton tour d'être cocu!... »

Sans reprendre haleine, il vomit encore toute une série d'injustices et de sottises inutilement vexatoires. Enfin, il se dirigea vers la sortie, conclut par un dernier outrage gratuit et rageur et claqua la porte sur lui.

Nous restâmes silencieux, Gloria et moi. Elle s'assit avec lassitude sur le divan. Je m'épongeai le nez. Quelques gouttes sanglantes étoilaient mon veston et ma chemise. La vue de ce sang m'amusa.

Je m'en fus dans la salle de bains mouiller mon mouchoir d'eau fraîche et m'en tamponner le nez. L'hémorragie cessa. Je nettoyai les taches de mes vêtements et rejoignis Gloria.

Elle était toujours sur le divan, songeuse. Des feux follets cuivrés gambadaient dans ses cheveux. Elle leva la tête à mon approche et me regarda. Comme tout cela était bête! Je lui pris la main.

« Je te téléphonerai », dis-je.

Je déposai un baiser furtif sur ses cheveux.

« Mon pauvre Jean », dit-elle.

Je sortis.

***

Assis sur une chaise bancale, gémissant à chacun de ses mouvements, Albert frotta ses sourcils épais comme s'il eût voulu les effacer.

« Tes renseignements étaient exacts, dit-il. Ça n'a pas changé depuis que tu travaillais dans cette boîte. Dans la nuit du 14 au 15, ça sera bon. Le coffre regorgera de pèze et ce n'est pas deux gardiens qui peuvent nous effrayer...

– C'est au poil, dis-je.

– Seulement, il nous faut les chalumeaux...

– Je sais où me les procurer et j'en connais le fonctionnement. Ça sert, ajoutai-je en ricanant, d'avoir exercé tous les métiers... »

Albert secoua la tête.

« J'ai l'impression que ça ne va pas marcher, dit-il.

– Pourquoi?

– Une idée, comme ça... C'est tellement différent de ce

que nous avons fait jusqu'à présent que je me sens comme un puceau... Nous avions pas mal de veine et...

– Il ne faut pas la galvauder, c'est pourquoi je change de méthode. Je deviens prudent. C'est peut-être l'âge. Ce fric-frac, moins spectaculaire que nos habituels attentats, nous rapportera autant et avec moins de risques. Si notre veine ne nous abandonne pas, d'autres que nous peuvent se le voir attribuer même. »

Albert roula une cigarette. Un rire doux le secoua.

« Ça te plaisait, pourtant, de lire les tartines des journaux. Tu n'en as plus autant envie?

– Je voudrais du pognon et en profiter tranquillement.

– Le diable s'est fait ermite.

– Je ne sais pas.

– Et Paul? » demanda-t-il soudain.

Je l'avais mis au courant des récents événements.

« Il est un peu abattu. Je suis d'avis de lui donner sa part, mais d'éviter sa participation au coup...

– Ça me paraît sage, en effet. »

Nous discutâmes encore un peu, établissant notre plan de bataille, puis nous nous séparâmes.

J'entrai dans une cabine publique pour téléphoner à Gloria.

Deux jours s'étaient écoulés depuis la violente altercation et Lautier n'avait plus donné signe de vie. Gloria m'apprit qu'il avait fait une brève et muette apparition, le jour même, en compagnie d'un chauffeur de taxi, et qu'il avait emporté un certain nombre d'affaires lui appartenant. Il paraissait toujours sous le coup de la colère. Je me demandai si ça durerait, s'il n'allait pas bientôt reprendre son sang-froid, réaliser la bêtise de sa conduite et rentrer au bercail. On n'oubliait pas, on ne se séparait pas comme ça d'une fille comme Gloria. Il est vrai que, peut-être, Gloria ne voudrait plus de lui. Il l'avait trop bassement insultée. Là résidait ma faible chance, encore que... C'était ça, le terrible; dans la mesure où ma chance prenait corps, la panique me submergeait.

« Je suis libre ce soir, dis-je. Nous sortons ensemble? »

C'était plus fort que moi.

« Je veux bien, accepta-t-elle. Après tout, maintenant... »

Nous sortîmes ensemble ce soir-là, et le lendemain aussi.

LES INTROUVABLES CRIMINELS EN AUTO FONT ÉCOLE

Il semble que l'impunité dont jouit – momentanément, nous l'espérons – le redoutable trio de gangsters dont l'activité criminelle défraye depuis quelque temps la chronique, éveille en des esprits malintentionnés des instincts de rapine jusqu'ici refoulés par la crainte du gendarme.

Nous avons relaté récemment l'attaque d'un bureau de poste par deux jeunes dévoyés parmi lesquels, à tort d'ailleurs, on avait cru reconnaître l'infirme – ou le faux infirme – de la bande tragique.

La nuit dernière, deux autres bandits – en auto également, mais moins sanguinaires que ceux dont ils s'inspirent – se sont introduits dans les bureaux d'une usine de la périphérie et ont raflé le contenu d'un coffre où étaient entreposés les fonds destinés au règlement des salaires d'aujourd'hui.

Il est d'usage, dans cette usine, lorsque la paye coïncide avec un jour de fermeture des banques, de faire rentrer les sommes nécessaires la veille. Les malfaiteurs ne devaient pas ignorer ce détail, comme ils n'ignoraient pas où se procurer sur place des chalumeaux oxydriques en état de marche, puisque c'est à l'aide de ces instruments qu'ils ont perforé le coffre, après avoir réduit à l'impuissance les deux occupants du poste de garde, jouxtant les bureaux.

Les gardiens n'ont été l'objet d'aucun sévice grave. Assaillis par les deux hommes masqués de foulards et brandissant des revolvers utilisés seulement en guise de matraques plus impressionnantes que les porte-respect ordinaires, ils ont été assommés, bâillonnés et ligotés très solidement et ont assisté, comme à travers une brume et incapables de s'y opposer, à l'accomplissement du forfait.

Les malfaiteurs ont fui à bord d'une automobile que l'on devait retrouver à guère plus d'un kilomètre de là, abandonnée aux abords d'un terrain vague. Cette voiture avait été volée le jour même.

Pas plus sur le véhicule que sur le théâtre du vol, aucun indice susceptible de guider les enquêteurs sur une piste quelconque n'a été relevé.

On suppose toutefois que les malfaiteurs possédaient des complicités dans la place. Leur parfaite connaissance des lieux et des habitudes de la maison en témoignerait. Les gardiens n'ont pu fournir qu'un signalement très approximatif de leurs agresseurs. Interrogés pour savoir si l'allure générale des criminels ne leur rappelait aucun familier de l'usine, ils ont répondu négativement.

L'enquête se poursuit et nous formons des vœux pour qu'elle aboutisse rapidement à la mise hors d'état de nuire de ces audacieux cambrioleurs, puisque aussi bien il semble que l'on doive désespérer de voir un jour répondre de leurs crimes les acteurs de la tragédie des Usines Folk et autres épisodes célèbres de la tragique randonnée.

Qu'à défaut de grives on nous donne des merles, et que ceux qui seraient tentés d'imiter le trio sanglant, quoique faisant preuve d'un respect de la vie humaine inconnu de celui-ci, sachent rapidement ce qu'il en coûte.

Il est inconcevable...

XIV

MALDONNE

J'arrêtai la voiture devant le bar-tabac qui se dressait à l'angle, trois immeubles avant celui de Gloria, et entrai m'y approvisionner en cigarettes. J'en profitai pour boire un alcool. C'était toujours ainsi : chacune de mes visites exigeait un léger doping.

La pendule de l'établissement marquait deux heures. Elle retardait certainement : il devait être un petit peu plus si j'en jugeais, non d'après ma propre montre, elle-même capricieuse, mais par le calme de la rue et du café. Toutefois, dix minutes, un quart d'heure ne changeaient rien à l'affaire. En admettant que Gloria eût déjeuné chez elle, j'avais des chances de la trouver. Elle s'absentait rarement au début de l'après-midi.

Pour la première fois depuis la dispute, je lui rendais visite sans m'annoncer au préalable par un coup de fil. C'était si bon d'arriver comme ça, à l'improviste, comme si on était attendu à tout moment...

En quittant le bistrot, je dédaignai la voiture, peu enclin, pour quelques mètres, à me livrer à une manœuvre compliquée et m'acheminai à pied. Au moment de franchir la porte cochère, je m'entendis appeler. Je me retournai sur Lautier.

Il paraissait de meilleure composition que lors de notre dernière rencontre, mais sa présence dans les parages ne me causa pas une joie exagérée. J'engageai immédiatement les hostilités, presque avec désespoir et m'efforçant au persiflage :

« C'est une truie, une poupée dispendieuse, une salope, une garce et je ne sais quoi encore, dis-je, seulement on n'arrive pas à se résoudre à l'avoir perdue, hein? »

Mes sarcasmes sonnaient faux. Ce n'était peut-être pas perceptible pour autrui, mais moi je le sentais. Dans ma gorge vibrait un sale bruit douloureux de vieille casserole.

« Écoutez, prononça-t-il, sur un ton repentant, je me suis laissé emporter, l'autre jour. Bon Dieu! ajouta-t-il avec une flamme dans le regard, vous connaissez Gloria et vous prétendez l'aimer. C'est suffisant pour comprendre ce qu'on peut éprouver à l'idée de la perdre.

– Je comprends, dis-je. Que voulez-vous?

– Vous parler dans un endroit discret. Les gens n'ont pas besoin d'être au courant de nos affaires. J'ai à vous faire part d'un tas de trucs. C'est pour cela que je vous guettais.

– De quel ordre, vos trucs? »

Il ricana.

« De tous ordres... Bon sang, ne faites pas cette tête. Je ne vais pas vous la reprendre, allez. Mais je voudrais liquider quelques détails avec vous... Vous serez trompé à votre tour; autant savoir comment procéder avec le successeur. »

Je le regardai plus profondément. Il n'y avait pas d'erreur possible. Sous sa désinvolture, il souffrait. Il se figurait que je couchais avec Gloria, la nuit, le jour, que vingt-quatre heures ne suffisaient pas à nous épuiser, et il en souffrait. Je me dis que je pouvais augmenter encore sa souffrance. Imaginer mon existence le torturait, m'avoir en face de lui aggravait sa torture. Je connaissais cela. Je pouvais passer des heures en sa compagnie. La réalité de sa souffrance lui deviendrait plus palpable. S'il voulait reprendre sa femme, il le pouvait. Rien ne s'était passé, entre Gloria et moi, qui pût empêcher une réconciliation. Il me restait une seule satisfaction : bluffer, me jouer la comédie et le faire souffrir. J'aurais été bien bête de refuser l'occasion.

« Où voulez-vous aller? » demandai-je.

Et immédiatement, sans lui laisser le temps de répondre, je l'entraînai vers ma voiture.

« Nous pourrons déjà parler là-dedans...

– Oh! Oh! s'exclama-t-il, vous avez fait un héritage?

– Quelque chose comme ça, dis-je.

– C'est ça qui vous a rendu si audacieux, hein? »

Je ne répondis pas. Il s'installa à côté de moi et je mis en marche. Il remarqua la plaque d'identité de cuivre fixée sur le tableau de bord.

« Vous demeurez en banlieue? » fit-il sur un drôle de ton.

Banlieue, pour lui, c'était province. Ça me diminuait à ses yeux. Je tentai de me revaloriser.

« Une villa, dis-je.

– C'est loin?

– Cinq kilomètres, après la barrière.

– Allons chez vous », décréta-t-il.

Il avait adopté des airs de commandement. J'étais incapable de m'y opposer.

« ... J'ai à vous communiquer des choses délicates... »

Il sourit...

« J'espère que vous avez à boire, chez vous. Ça facilitera la tâche.

– Comme vous voudrez », dis-je.

Je conduisais comme un automate. Je pensais que des types, dans l'autobus, écrasaient le pied d'une femme, s'excusaient en murmurant : « Pardon », d'un air suave, se prévalaient de l'incident pour engager la conversation et puis finissaient par coucher avec celle dont ils avaient meurtri le pied. Lautier devait appartenir à cette race de crétins sûrs d'eux-mêmes et tellement supérieurs. Il avait rencontré Gloria et couché avec. Moi aussi, je l'avais rencontrée, mais j'avais laissé l'obstacle se bâtir entre elle et moi. Je n'avais pas songé tout de suite à coucher avec. Ç'avait été quelque chose de plus profond. Une grande tempête m'avait emporté, surgie des yeux pailletés d'or. Je n'avais réalisé que plus tard quel misérable naufragé j'étais. Je ne savais pas me conduire dans la vie. J'étais un nihiliste. Je ne savais m'exprimer que par le truchement des aboiements de plomb de camarade Browning. Je me frayais un chemin sanglant vers Gloria, éliminant les obstacles et en suscitant d'autres, par le fait même. Et le plus redoutable obstacle, je le portais en mon âme. Brusquement, j'évoquai la fillette tuée par les soldats sur le carreau de mine. Elle avait dix ans et je me rappelai avoir regretté cet âge. Eh bien! n'avais-je pas dix ans? Ce Lautier m'abordait, il me disait vouloir me parler, j'acceptais et il proposait d'aller chez moi et j'obéissais comme un gosse, un vaincu d'avance qui bat en retraite devant le fouet...

« Dites donc, fit-il soudain, vous aviez peut-être rendez-vous. Elle va s'ennuyer, se demander, je ne sais quoi...

– Non », dis-je.

Il me considéra avec étonnement, fut sur le point de parler, se ravisa et sombra dans une mutisme qu'il ne rompit que beaucoup plus tard pour articuler :

« Je l'ai traitée de truie. Ce n'est peut-être pas une truie. Mais il ne faut pas lui en promettre, j'ai travaillé comme un nègre et... »

Il souffrait, c'était indéniable. Je redescendis sur terre, ne répondis rien et le regardai souffrir. Je ne désirais qu'une chose : qu'il souffrît longtemps. Il avait eu Gloria à sa disposition d'innombrables nuits, elle s'était pâmée dans ses bras, il... Bon Dieu! ça le torturait d'imaginer qu'un autre... Chacun son tour. Je ne voulais pas lui donner de démenti. Il souffrait. Il souffrirait encore. Après, je serais réduit à ma faible mesure, mais il aurait souffert...

Nous arrivâmes au sommet de la côte où un café-dancing semblait monter la garde. Avec son vélum déchiré, son matériel réclamant une couche de peinture et ses troènes rachitiques, c'était plutôt miteux, mais beaucoup de jeunes gens s'en contentaient et de nombreuses idylles s'étaient nouées dans ce cadre poussiéreux. Après le bistrot, la route étendait son ruban, bordé seulement de champs, de boqueteaux et de décharges publiques. Je pris à droite, longeant une carrière abandonnée. Dans le lointain, à travers une brume de chaleur, on apercevait les buildings de la ville. Le soleil ensanglantait des vitres. La carrière dépassée, je m'enfonçai dans le cahoteux chemin de traverse.

« C'est plutôt désert, par ici, constata mon passager.

– On sera tranquilles », dis-je.

Les basses branches des arbres fouettaient la carrosserie. Des oiseaux fuyaient à notre approche.

« Et vous ne craignez rien, isolé comme ça?
– Que voulez-vous que je craigne?
– Je ne sais pas, moi. Mais avec cette vague de banditisme... »
J'évitai de le regarder et fis mine de me consacrer uniquement à ma conduite. Un frisson me parcourut. Est-ce que par hasard ce type-là... Brusquement, je me rappelai la présence de Paul à la maison
« Il n'y a rien à faucher, chez moi, dis-je.
– Je m'en doute bien, ricana-t-il. Mais pour conserver Gloria, il faudra quelque chose... »
Je ne répondis pas.
Au détour du chemin, la villa nous apparut. Avec Paul, nous avions convenu d'un signal. Trois coups de klaxon signifiaient l'arrivée sans encombre. Il n'y avait pas de signal : danger, mais un unique coup pouvait en tenir lieu. En descendant de voiture pour ouvrir la grille, je m'arrangeai de façon à appuyer sur le mécanisme. Enfin, je donnai à Paul tout le temps de se planquer en m'y prenant comme un pied pour pénétrer dans le jardin, refermer la grille, garer la voiture. Lautier regarda cette opération d'un mauvais œil.
« Dites donc, fit-il, avec pas mal d'arrogance, j'espère que vous me reconduirez en ville, non?
– C'est vous qui avez tenu à me voir, pas moi, rétorquai-je sèchement. Nous pouvions aller discuter n'importe où, vous avez choisi mon domicile. Si je décide de ne plus bouger d'ici, vous retournerez par vos propres moyens. A pied ou en autobus. Il y a une station à un kilomètre. Je vous l'indiquerai.
– Je préférerais la voiture », fit-il, posément.
Et il se mit à rire, d'un petit rire saccadé, assez étrange.

La porte donnant accès à l'intérieur de la villa était fermée au pène, mais je fis semblant de m'escrimer avec les clés. Nous entrâmes. Les fenêtres du salon étaient ouvertes. Cette circonstance et le fait que nous avions l'un et l'autre une cigarette au bec empêchaient que fût trop sensible l'odeur du tabac laissée par Paul. D'un même geste, Lautier désigna les fenêtres, le mobilier sommaire et le désordre de la pièce.

« En effet, vous ne craignez pas les voleurs, observa-t-il, narquois. Gloria est déjà venue, ici? »

Il se soucia peu que je répondisse ou non, et enchaîna :

« Non, évidemment. Vous n'êtes pas dénué de prudence et cet endroit ne constitue pas le nid d'amoureux idéal. Mais quand on est amoureux, justement, ou amoureuse... Je doute toutefois qu'en dépit de sa passion Gloria estime ce cadre à sa convenance. C'est comme la voiture... la bagnole, plutôt. Occasion, n'est-ce pas? Hum... une occasion pour Gloria! Mon cher, la belle mérite mieux. Personnellement, je n'ai jamais eu les moyens d'acheter une voiture digne de Gloria... La beauté a des exigences insoupçonnées, mon vieux, vous vous en apercevrez bientôt.

– C'est pour me dire cela que vous êtes venu jusqu'ici et que vous allez vous taper un kilomètre à travers la campagne et poireauter je ne sais combien de temps à la station d'autobus? »

Il leva la main en signe d'apaisement. Ma parole, il était quasi paternel.

« Oh! je repartirai en bagnole, sourit-il. Oui, mon petit doigt me dit que je repartirai en bagnole... Mais laissons cela pour le moment. Et commençons par boire un coup.

Cette bouteille, elle vient? Ne me dites pas que vous ne tenez rien de ce genre ici, ça me surprendrait trop.

– Vous êtes ici chez vous ou chez moi? m'insurgeai-je.

– Quand tu baises ma femme, chez qui es-tu? éructa-t-il, soudain transformé.

– C'est juste », reconnus-je, avec insolence.

Une réponse pareille, formulée le plus cyniquement possible, le tarauderait davantage qu'une justification forcément vaseuse. Je me promis de bien jouer au chat et à la souris.

J'allai au placard, en sortis une bouteille et deux verres. Ceux-ci n'étaient pas très propres. Il tira son mouchoir de la poche et essuya le bord du sien avec une ostentation blessante. Il voulait m'humilier. A ce moment, je commençai à percer son jeu et un espoir entonna son chant dans mes tripes.

Je fis le service, versant largement le rhum. Je m'assis et trempai mes lèvres dans l'alcool. Lautier but, mais resta debout. Il jeta son mégot et prit une autre cigarette. Je l'imitai.

« Et maintenant, suggérai-je, consentirez-vous à me dire ce que vous avez sur le cœur? »

Il arpenta la pièce, passant et repassant devant les fenêtres ouvertes en jetant des regards furtifs à l'extérieur.

« C'est bigrement isolé, ici, fit-il.

– Vous ne m'apprenez rien, bougonnai-je. Je sais cela depuis longtemps. Parlez ou foutez le camp! »

Il s'approcha, se campa devant moi, me dominant, les mains dans les poches de son pantalon, aux lèvres un sourire ambigu, accentué par la grimace que lui faisait faire le filet de fumée montant de sa cigarette. Il devait adopter l'attitude dite « méchante » dans son dérisoire catalogue de petit bourgeois repu. En fait, il ressemblait à une andouille, une andouille qui aurait souffert.

« Écoute, paumé, scanda-t-il sourdement, émaillant ses propos d'un inhabituel argot. Écoute, je me suis conduit comme un imbécile l'autre jour. Tu as eu raison de me traiter de tout, car je le méritais. J'étais hors de moi et c'était idiot. Depuis, j'ai réfléchi. J'aurais dû te déculotter devant Gloria et te flanquer une bonne fessée. Tu n'aurais rien dit. Je crois te connaître. Tu es une lavette, un paumé. Je suppose que tu as couché avec Gloria, sans en être certain. Mais vrai ou faux, pour moi c'est pareil, tu m'entends, et je ne veux pas que tu persistes, soit à coucher avec, soit à lui faire du plat. Je veux garder Gloria et ta présence compromet tout. Remarque qu'elle se lasserait vite de toi. Tu ne peux pas lui créer l'existence à laquelle elle aspire. Son mode de vie actuel, même, celui que je lui ai fait, tu es incapable de le soutenir. Mais qu'importe. Même si elle devait me revenir dans deux mois, repentante et contrite, je ne veux pas courir le risque. Alors je vais t'écarter de sa route...

– De quelle façon?

– De celle-ci. »

Il retira de la poche de son pantalon sa main droite armée d'un automatique trapu.

« J'avais choisi un lieu épatant pour notre petite conversation intime, poursuivit-il, mais tu m'en as fourni un meilleur encore. Ici, on doit pouvoir tuer les gens sans éveiller l'attention.

– La maison a été construite pour cela », dis-je en éclatant nerveusement de rire.

Bon Dieu! que c'était drôle! Qu'avais-je donc à toujours me plaindre? La vie n'était-elle pas une vaste rigolade, un gigantesque cirque, un immense guignol, une manifestation perpétuelle d'humour énorme?

« Qu'as-tu à rigoler? fit-il, déconcerté par mon rire.

– Je rigole parce que tu ne me tueras pas, Lautier, dis-je, la voix vibrante. Non, tu ne me tueras pas. Tu as dit récemment que je n'étais certainement pas plus con que je n'en avais l'air, mais tu me croyais quand même plus con que cela. Tu m'as pris pour un paumé et une lavette. Ce sont tes propres expressions. Et tu souffres d'avoir perdu Gloria et tu veux m'écarter de sa route, comme tu dis, et tu as décidé de me faire peur. Eh bien! tu t'es gourré, salement gourré, parce que je n'ai pas peur, ton feu ne me fait pas peur. Tu n'as jamais eu l'intention de me tuer, mais simplement de me faire le grand jeu, m'effrayer, espérant me voir tout abandonner et filer aux cinq cents diables en claquant des dents, mais tu ne me fais pas peur!...

– En admettant que je n'aie pas eu l'intention de te tuer, siffla-t-il, l'envie peut me venir. »

C'était faux. Il aurait tiré depuis longtemps. Il n'avait pas tiré. Il ne tirerait pas.

« On ne tue pas les gens comme ça, dis-je. Il y a d'abord l'acte même, puis les suites...

– Certains criminels courent longtemps avant d'être pris », fit-il.

Je devinai à quoi il pensait. Je me composai un masque faussement inquiet.

« Hé! là! m'écriai-je, tu... tu ne vas pas me dire que tu... fais partie du fameux trio, non? »

Il esquissa un sourire équivoque, permettant toutes les

interprétations. Il sautait imbécilement sur l'idée que je lui fournissais. C'était son dernier atout pour me terrifier. Seulement, il tombait mal, ô combien! Un nouvel accès de douce hilarité s'empara de moi. Derechef, il perdit contenance. J'en profitai pour me dresser.

« C'est trop fort! m'exclamai-je. Sais-tu qui je suis? »

Son automatique braqué sur ma poitrine, il se tenait devant la tenture à moitié tirée cachant l'amorce de l'escalier. J'avais entendu celui-ci craquer imperceptiblement sous le poids feutré d'une espadrille. Paul, attiré par les éclats de voix devait vouloir se rendre compte. Je regardai par-dessus l'épaule de Lautier et distinguai dans la pénombre du vestibule une silhouette difforme aux aguets.

« Débarrasse monsieur, dis-je. Certaines révélations pourraient le rendre enragé... »

L'infirme franchit d'un bond la distance qui le séparait du visiteur mal inspiré et lui appuya entre les côtes le museau agressif d'un pétard espagnol de fort calibre. La bande de munitions s'enroulait autour du poignet de Paul comme un serpent jaune.

« Filez-moi vot' joujou », intima sourdement le bossu.

Lautier se laissa désarmer sans résistance. Il était livide et trop stupéfait pour pouvoir émettre le moindre son. A mon tour, j'avais mis l'arme au poing.

« Qui fait peur à l'autre? » ironisai-je.

Ses yeux clignotèrent comme ceux d'un oiseau de nuit pris dans le faisceau d'une lampe électrique, ils allèrent de Paul à moi, de moi à Paul et s'immobilisèrent avec épouvante sur ce dernier, qui ricana.

« Je vous fais de l'effet, hein? »

Lautier ouvrit la bouche. Il exhala un sale bruit, un

gémissement d'animal aux abois. Prudemment, Paul alla fermer les fenêtres et les portes.

« Nous allons fixer un point d'histoire, gouaillai-je. Les journaux ne sont pas d'accord sur l'authenticité ou la non-authenticité de la bosse. Nous pouvons t'assurer qu'elle est vraie, Lautier, malheureusement pour Paul, parce que ça ne l'amuse guère, à son âge, de trimballer cette protubérance sur les endosses. Pourrait pas s'offrir Gloria, lui. Alors il faut bien qu'il prenne son plaisir où il le trouve... »

J'abandonnai le ton plaisant.

« Tu venais me faire peur? Il y a maldonne. Tu t'es jeté dans la gueule du loup. Tu vas y laisser ta viande... »

Je l'empoignai par le col et le jetai sur le divan. De grosses gouttes de sueur malsaine sillonnaient son visage tournant au vert.

« Ah! tu venais m'effrayer, grondai-je. Que tu aies pu penser pouvoir m'effrayer me fait encore plus mal, me blesse plus profondément que si j'avais vraiment eu peur. Tu me prenais pour une lavette. Tout le monde me prend pour une lavette, et je suis le tueur numéro un. Tu ne trouves pas ça drôle, suprêmement marrant, d'un humour inégalé? C'est moi qui ai buté le père de Gloria, parce qu'il avait les yeux de sa fille. Je ne savais pas qu'il était son père, mais la vue de ces yeux a déclenché le tir... »

Ma voix commençait à trembler. J'étais peut-être aussi ému que celui que je menaçais. J'agitai dangereusement mon revolver. L'index me démangeait.

« Ne me tuez pas, rauqua Lautier, avec effort. Ne me tuez pas. Je ne dirai rien. Je vous laisserai Gloria. Il... »

Je pris mon élan et lui administrai un violent coup de

soulier sur le tibia. Il poussa un cri bref et porta la main à l'endroit douloureux. Je lui donnai un second coup. Ma talonnette métallique lui arracha la peau des doigts. Son alliance maudite pénétrait les chairs labourées.

« Ne me tuez pas! implora-t-il.

– On va te faire des rentes, sifflai-je. Pour ce qui est de Gloria... Écoute, je croyais être le seul à gâcher tout par plaisir, mais toi, alors... Je n'ai jamais couché avec Gloria. Si tu n'avais pas agi sottement, l'autre jour, tu serais encore en vie. Il suffisait, puisque tu avais des soupçons, de me foutre à la porte de chez toi. Je serais sans doute parti sans protester. Parce que je ne sais pas si, tout bien considéré, je ne suis pas une lavette et un con. Et ça t'aurait évité la fatale démarche d'aujourd'hui. Maintenant, tes carottes sont cuites... »

Il ne paraissait pas m'entendre. Je le secouai.

« Écoute, c'est intéressant. Je n'ai pas couché avec Gloria. Bon Dieu! pourquoi n'ai-je pas couché avec Gloria? Je ne sais pas. Des fois, je me sens comme paralysé. Comme dans mes rêves. Je n'arrive pas à m'analyser. Je suis comme un fou, je ne sais pas ce que je veux. Aujourd'hui, j'ai compris. Je m'imaginais des obstacles. C'est toi, l'obstacle essentiel. Je ne t'aurais jamais tué de sang-froid, parce que tu représentais un peu de Gloria, et le diable sait pourtant si je te haïssais, mais aujourd'hui tu es venu te foutre dans mes pattes, et que ce soit pour Gloria ou le pape, tu dois y passer!...

– Ne me tuez pas, répéta-t-il, en hoquetant. Je...

– Assez jacté, cracha Paul.

– Oui, assez jacté », approuvai-je.

Je m'étais soulagé. J'en avais marre. Il fallait en finir. Je vérifiai le fonctionnement de mon arme.

Dans un effort de tout son être, Lautier ramena ses jambes sous lui et se pelotonna dans un coin du divan, plaqué contre le mur, les bras ballants, la tête dans les épaules. Ses lèvres tordues s'humectèrent de bave.

La main de Paul se posa sur la mienne.

« Laisse-moi le buter, dit le bossu. Je n'ai déjà pas tellement de distractions. »

Ses yeux reflétaient une pathétique tristesse.

« Vas-y », dis-je.

Je lui devais bien cette compensation.

« Fous le camp de là! glapit-il à l'adresse de sa victime.

– Ne me tuez pas », larmoya l'autre.

Paul expédia deux balles dans le mur, au niveau de la tête. Il s'amusait. Il aurait pu faire mouche, mais il ne voulait pas. Lautier sauta du divan et s'enfuit à l'autre bout de la pièce, se heurtant aux pauvres meubles, objets de sa récente dérision. Paul tira à nouveau, en direction des jambes. Lautier poussa un hurlement sauvage, dansant comme un cabri pour éviter les projectiles. Ça sentait la poudre et la sueur. J'ignore qui, de Paul ou de Lautier, puait comme ça, de volupté ou de trouille, mais ça puait. Enfin, la corrida cessa. Le gibier prit sa dose dans les jambes, le dos et la poitrine, et s'écroula, les bras en croix.

Je m'approchai. Il avait son compte, mais respirait encore. Une faible lueur de conscience vacillait dans son regard voilé. J'apprêtai mon arme pour le coup de grâce et lui tirai deux balles dans le bas-ventre. Des réflexes mécaniques lui firent exécuter un saut de carpe qui le retourna et il eut quelques soubresauts comme s'il besognait le tapis.

Seulement, il éjaculait du sang.

XV

GLORIA

Au cours de la séance, la bouteille de rhum avait trinqué. Son contenu faisait une tache sombre et fortement odorante au pied du divan, parmi les débris de verre. Cette bouteille n'était pas unique. Je sortis sa frangine de la réserve et bus largement au goulot avant de la passer à Paul.

Je réfléchis que c'était vraiment une drôle de baraque, cette villa. L'idéal pour personnes superstitieuses. Ce n'était pas sept fois qu'il fallait tourner sa langue dans la bouche avant de parler, mais quatorze fois, vingt et une fois, mille fois. Mieux valait même rester muet, car ça ne portait pas précisément chance de tenir des propos inconsidérés sous son toit. Gisèle s'était félicitée de tomber sur des types sympas et Lautier avait remarqué avec satisfaction la situation isolée de la demeure. Ils avaient été servis tous les deux.

« Ça a plutôt fait des dégâts, cet exercice », constata Paul, d'un ton neutre, en jetant un regard circulaire.

Les murs et les meubles portaient traces de balles, des sous-verres idiots, que nous n'avions pas eu le courage de déplacer ou de détruire, avaient enfin subi leur châtiment.

Des maculatures suspectes jalonnaient la zone des évolutions acrobatiques de Lautier.

« Qui est-ce qui viendra y voir? dis-je.

– Si nous filions à l'étranger...

– Nous conserverons cette turne à tout hasard. Personne ne s'apercevra jamais de rien.

– D'ailleurs, je m'en fous », dit-il.

Il haussa les épaules et alla planquer son artillerie. Ensuite, il se mit à rôder dans la pièce comme une âme en peine.

« Qu'est-ce qu'on fait de ça? demanda-t-il, planté devant le cadavre.

– Cette nuit, enterre-le dans le jardin ou la cave, dis-je. Je ne puis te donner un coup de main... J'ai à faire en ville...

– Je me débrouillerai bien tout seul », dit-il.

Il ébaucha un pas vers la fenêtre comme pour l'ouvrir et chasser l'odeur douceâtre de sang répandu qui régnait dans la pièce, et puis abandonna, s'assit et roula une cigarette, songeur.

Je le laissai en compagnie du macchab, montai prendre un bain et me changer, avant d'aller au garage.

Je sortis la bagnole et l'examinai avec des yeux neufs. Sans être un tacot, elle méritait une partie des sarcasmes de feu Lautier. Ce n'était pas une Rolls. D'ailleurs, inutile de se casser la tête. Je n'aurais jamais une Rolls. Mais, à présent, j'étais en mesure de me procurer quelque chose de mieux que cette occasion. Seulement, je ne pouvais pas la changer le jour même. Pour aujourd'hui, elle ferait encore.

Je mis en marche et pris la direction de la ville.

L'après-midi s'avançait et j'étais fébrile à l'idée de

manquer Gloria. Il me fallait la voir. Cette nuit serait ma nuit. Je m'arrêtai devant le premier café rencontré sur ma route et téléphonai. Elle était là. Après de menus propos, je la décidai à sortir avec moi le soir même. Nous dînerions ensemble, puis nous irions au spectacle, ensuite je connaissais un cabaret...

« Mon Dieu! Jean, plaisanta-t-elle, mais tu m'offres la grande vie!

– Oh! protestai-je, modestement, une fois comme ça...

– Les affaires ont bien marché, ces temps-ci, alors?

– Très bien. Et j'en ai réalisé une excellente pas plus tard que cet après-midi. Ça s'arrose. »

L'affaire excellente, c'était d'avoir éliminé Lautier. Je me sentais tellement mieux, de le savoir mort. C'était simple. Comment n'y avais-je pas songé plus tôt? J'avais pourtant le revolver prompt. Comme je le lui avais avoué, je le haïssais et l'aurais tué volontiers, mais j'hésitais, j'ignore pourquoi. En somme, ce n'était peut-être pas en qualité de rival heureux que je l'avais liquidé, mais par sécurité. De toute façon, il était mort. Cela seul comptait.

Je pris rendez-vous avec Gloria.

***

Comme nous sortions du spectacle, un orage éclata. Il fut bref, mais me mit les nerfs à vif. Gloria désira regagner immédiatement son domicile. Elle estimait avoir passé suffisamment d'heures en ma compagnie. Ses yeux dorés reflétaient un vague désarroi indéfinissable.

« Il ne faut pas oublier que je suis toujours mariée,

dit-elle avec un léger sourire, en s'installant dans la voiture.

– Mariée! ricanai-je. Il s'en moque bien... »

Je manœuvrai pour entrer dans le trafic. La chaussée ressemblait à un miroir sur lequel les voitures glissaient avec un doux feulement de pneus. Des enseignes lumineuses clignotaient.

« Il s'agit de savoir s'il t'aime... S'il t'aimait, il ne t'aurait pas outragée comme il l'a fait... et il serait déjà revenu quémander son pardon... Je ne t'insulterai jamais, ajoutai-je. Tu pourras faire tout ce que tu voudras... »

Elle posa sa main sur mon bras.

« Ne parlons plus de ça, soupira-t-elle.

– Je ne t'insulterai jamais...

– Reconduis-moi », dit-elle.

Nos cuisses se touchaient. Je grelottais un peu, comme de froid. A travers le tissu de sa jupe, sa chair me communiqua quelque tiédeur. Je mis une cigarette aux lèvres mais sans l'allumer. Presque aussitôt, d'ailleurs, je la jetai à mes pieds et l'écrasai. Je voulais respirer à pleins poumons le parfum de Gloria, en profiter jusqu'à satiété. Je pris une rue à droite, une autre à gauche, puis m'engageai dans le boulevard. Nous ne disions rien. Les virages et les changements de vitesse la jetaient parfois contre moi et je respirais son parfum. C'était bon; ça n'aurait jamais dû finir... ou alors finir tout de suite, d'un coup, et qu'on n'en parlât plus. Je vis sans émotion les énormes phares jaunes du lourd camion se ruer sur nous. Ils me fascinaient comme les yeux injectés d'or d'un monstre espéré. Ma main seule, par son action, empêcha le pire. Elle fit tout ce qu'il fallait pour éviter le choc. Elle agissait en pleine autonomie. Moi, j'étais à côté de Gloria et son parfum – ou son odeur – me pénétrait par tous les pores. Notre véhicule décrivit une embardée sans gravité et évita de justesse la rencontre fatale. Le camion stoppa dans un grincement prolongé de freins serrés à bloc et une bouche édentée, surmontée d'une casquette, jaillit fors de la cabine en vociférant des injures. Je ne répondis rien.

« Tu as eu peur? demandai-je à Gloria un peu plus loin.

– Oui, dit-elle.

– C'est ce pavé gras », expliquai-je.

Ce n'était pas le pavé. C'était... je ne savais pas exactement ce que c'était. Finir comme ça, d'un coup, tous les deux, chaçun trempé du sang de l'autre... Mais ça n'était jamais aussi simple. Je connaissais un ancien barbeau qui jouait de l'accordéon dans un prostibule. Jadis, il s'était logé une balle dans le crâne, à cause d'un tas de trucs qui n'allaient pas. Il avait survécu, le projectile se contentant de trancher le nerf optique. Et maintenant c'était une pauvre loque vouée à la nuit perpétuelle, mais attachée à la vie, tolérée par la magnanime taulière d'une maison d'abattage où, les manches retroussées sur des tatouages ridicules en leur agressivité, l'infirme, chaque soir, chatouillait son instrument poussif en vue d'une quête à l'incertain produit. Non, crever et en finir n'était pas si simple et... Je me rabrouai. A quoi pensais-je donc? Je n'avais plus à me tracasser. Lautier était mort. C'était pardieu vrai! J'avais du mal à m'y faire, semblait-il, mais il était mort, croni, lessivé, refroidi. Je consultai la montre de bord. Par les soins diligents de Paul, il devait maintenant reposer au frais dans le fond du jardin, là-bas, en banlieue, et l'orage arrosait sa tombe et sa femme roulait à mes côtés et je voulais vivre, je...

Elle avait été sa femme, mais c'était fini. La simplicité même. Brusquement, j'eus peur. Cela me monta en ondes des tripes, me cerna le cœur et me contracta la gorge et je me surveillai, conduisis prudemment, attentif aux autres véhicules et lorgnant le pavé traître avec suspicion. Habitué à blasphémer le nom de Dieu, je me surpris à le prononcer différemment, ce qui n'était pas un moindre sacrilège. Je voulais vivre et, peut-être, le pouvais-je.

« Nous avons eu très peur tous les deux, dis-je. Il nous faut boire quelque chose pour nous remettre. »

Elle sourit, un peu pâle sous le fard.

« Toujours d'excellents prétextes... Reconduis-moi, ajouta-t-elle, avec une pointe d'autorité.

– Je ne fais que cela. Mais je connais sur ton chemin une nouvelle boîte tout ce qu'il y a de bien : l'*Escargot boîteux.*

– Je veux rentrer. »

A ce moment, un nouvel orage balaya la ville de son flot bruyant. Il n'était pas apaisé lorsque j'arrêtai la voiture devant le cabaret, dont l'enseigne verticale, concurrençant les éclairs, lançait par intermittence, à travers le rideau de pluie, sa gifle rutilante. Un portier à uniforme chamarré se précipita, muni d'un vaste parapluie.

« Rien qu'un verre, Gloria, dis-je.

– Si tu veux », se résigna-t-elle, en haussant les épaules.

Son attitude légèrement réprobatrice me fit regretter mon initiative. Je fus sur le point d'envoyer le portier au diable, mais je m'abritais déjà sous son parapluie. Et, soudain, j'eus soif et j'aidai Gloria à descendre de voiture.

Au début, je puisai un réconfort de mauvais aloi dans l'atmosphère satinée de la boîte. Une seule table était libre, celle où nous prîmes place, pilotés par un garçon obséquieux, auquel je commandai du champagne. La fumée de tabac odorant, jointe aux parfums de prix de l'élégante assistance féminine, flattait les narines. Sous l'éclairage tamisé, les visages des consommateurs se distinguaient mal. Ça faisait de vagues taches, des ombres, que je considérai peu à peu avec haine. Ces gens-là m'emmerdaient, il n'y avait pas d'autre mot. Au son d'une musique langoureuse, des couples évoluaient sur la minuscule piste de danse. Ils se trémoussaient, frottaient rythmiquement leurs ventres. C'étaient des bêtes puantes. Ils n'aimeraient jamais comme j'étais capable d'aimer. J'aimais Gloria; ils ne pouvaient pas savoir à quel point j'aimais Gloria. S'ils l'avaient su, ils se seraient enfuis, ils seraient allés cacher dans un égout leurs misérables aspirations de tous ordres, et ils auraient emmené avec eux l'orchestre et principalement le violoniste à gueule de rat, et ils ne seraient jamais plus revenus m'emmerder, parce que, moi, je me promettais de revenir, et pas tout seul, mais avec Paul, et je ferais un beau carton sur tous ces manches et leurs dérisoires appétits satisfaits, parce que, nom de Dieu! j'étais trop malheureux, la vie était dégueulasse, ça ne pouvait pas durer comme ça, il fallait que ça finisse et si...

Je gesticulai, brisai un verre et m'aperçus avec terreur que je commençais à être ivre.

« Je reviens, Gloria », dis-je.

Je réunis toute mon énergie pour me lever dignement. J'allai au bar et demandai au barman de me préparer un triple café, quelque chose de bien fort, sans sucre. Il sourit et entreprit de manipuler ses appareils nickelés. Je descendis aux lavabos et, m'enfonçant deux doigts dans la gorge, me forçai à vomir. Je connaissais la propriété d'une ivresse au champagne. Il suffisait de dégueuler pour être à même de recommencer à boire. Mais je ne voulais plus boire. Je ne voulais plus fuir. Je vomis tant que je pus, m'aspergeai d'eau froide, puis je remontai au bar absorber mon demi-litre de café fort et je rejoignis Gloria, une cigarette aux lèvres.

– Partons », dis-je.

Elle ne demandait pas mieux.

La brise nocturne, chargée de pluie, me dégrisa tout à fait. Je baissai la glace de mon côté, un courant d'air s'établit, et, après avoir couvert quelques mètres, j'étais dispos.

« Tu étais malade? demanda Gloria.

– Je ne me sentais pas très bien, avouai-je. Il faisait trop chaud, là-dedans.

– Ivre?

– Non. »

Elle égrena un petit rire nerveux.

« Je crois que, moi, je le suis.

– Ne dis pas de bêtises. Ce que nous avons bu ou rien... »

Je ne savais pas ce que nous avions pu boire. J'avais payé machinalement une addition, mais j'ignorais quel volume de liquide cela représentait.

« Tu ne me crois pas? Touche mes mains.

– Elles sont chaudes, dis-je.

– C'est la fièvre. Est-ce qu'on a la fièvre, quand on est ivre?

– Je ne sais pas.

– Tu devrais le savoir. »

Je jetai ma cigarette.

« Tu parles comme ton mari.

– Ne me parle plus de mon mari.

– Il t'a insultée... Je ne t'insulterai jamais... »

Les rues étaient désertes, mais je roulais lentement. Ma main droite lâcha le volant, je maintins la direction de la gauche et mon bras s'enroula autour de l'épaule de Gloria. Sa tête toucha la mienne.

« ...Il ne t'aime pas. Il serait revenu. Il ne t'aurait pas insultée...

– A t'entendre, personne ne m'aime.

– Si.

– Qui donc? »

Je ne répondis pas. Mes doigts se crispèrent sur son épaule. A travers le tissu, je sentis comme du feu.

« Tu m'aimes depuis combien de temps? demanda-t-elle.

– Des années.

– Et toujours d'un amour aussi vif?

– Il augmente d'année en année.

– Tu es un type extraordinaire, Jean.

– Je suis un con », crachai-je.

Sa main gauche chercha les doigts qui pétrissaient son épaule et les caressa doucement.

« Ne sois pas malheureux, Jean.

– Je ne le suis pas. Je l'ai été, mais je ne le suis plus. »

Je gardai un moment le silence, puis :

« Je suis de cinq ans ton aîné. A seize ans, tu en avais onze. C'est formidable ce que je sais bien compter. Que faisais-tu, à onze ans?

– Je ne m'en souviens plus, dit-elle.

– Je me souviens de ce que je faisais à seize ans, dis-je. Par exemple, au mois de juillet de l'année où j'ai eu mes seize ans, l'année où toi tu eus tes onze. Je vagabondais à pied. Je prenais parfois le chemin de fer sans billet. Ça s'appelle brûler le dur. Je couchais dehors. Ville ou campagne, je couchais dehors. J'ai travaillé dans une usine de produits chimiques. Je gagnais quinze francs par jour. J'étais affecté au phosphore. D'énormes blocs, dans une cuve remplie d'eau, qu'on réduisait en morceaux à l'aide d'un ciseau et d'un marteau. Des éclats jaillissaient, sous le choc des outils, et ils s'enflammaient au contact de l'air et j'avais le dessus des mains et les avant-bras pointillés de brûlures et je ne mangeais pas tous les jours et je couchais dehors et tu avais onze ans, chérie, tu étais une écolière bien sage, dans une pension pour fillettes de bonne extraction. Tu étais élégante, déjà, radieuse, jolie comme à présent et, qui sait? peut-être provocante... J'aime surtout t'imaginer à quatorze ans. A cet âge, tu devais savoir ce que tu valais. Moi, j'avais dix-neuf ans et je ne valais rien. Les hasards de mes pérégrinations m'avaient conduit dans un port. Tu avais quatorze ans, des cheveux roux, de belles lèvres rouges, le teint merveilleux que tu as conservé, et la nuit, pendant que dans ton lit douillet tu rêvais en toute quiétude du Prince Charmant, je hantais les bouges à navigateurs où des pouffiasses en gras-double, puant du bec et sales de partout, se faisaient besogner à bas prix par quinze types d'affilée, sur un grabat grinçant et empunaisé... Un univers nous séparait et nous nous sommes rencontrés tout de même, chérie. C'était peut-être écrit quelque part... »

Elle accentua la pression de ses doigts sur les miens.

« Tu ne fais pas la cour comme les autres hommes, dit-elle.

– Je ne te fais pas la cour.

– Comment appelles-tu cela, alors?

– Je te dis que je t'aime.

– Et ce n'est pas me faire la cour?

– C'est une vérité... Il y a le soleil, la terre, la lune, les étoiles et je t'aime... Constater leur présence n'est pas faire la cour.

– Si, mais d'une façon si gentille.

– Parce que je t'aime.

– Tu as toujours été très gentil.

– C'est vrai?

– Oui.

– Bien vrai?

– Mais oui. »

J'arrêtai la voiture et approchai mes lèvres de celles de Gloria. Une pluie fine martelait le toit de l'auto, rythmant les premières mesures de *la Cucaracha* qui grondait dans mon cerveau.

« Embrasse-moi, implorai-je, embrasse-moi... Demande-moi s'ils m'ont fait mal, comme le jour où nous nous sommes vus pour la première fois, demande-moi s'ils m'ont fait mal, tous ceux qui ne sont pas nous deux. Embrasse-moi et fais-moi mal... »

Elle déroba ses lèvres.

« Non », souffla-t-elle.

Ses doigts brûlants enserraient toujours les miens.

« Embrasse-moi, cucaracha. J'attends cet instant depuis que je suis né. Je n'ai été mis au monde que pour goûter cet instant. Un univers nous séparait et nous nous sommes rencontrés tout de même. »

Elle se blottit contre moi. J'entendais battre son cœur. Le mien lui faisait écho, tumultueusement.

« Embrasse-moi, pyramide.

– Non. Tu ne m'aimerais plus, après.

– Ça te plaît, que je t'aime?

– Oui, chéri. (Elle baissa la tête. Elle était tendre et timide.) Mais c'est si bon d'être comme nous sommes. Après, tu ne m'aimerais plus...

– Je t'aimerai toujours. Tu ne peux pas savoir combien je t'aime. Je t'aime comme personne ne t'aimera jamais. Je ne sais pas comment je devrais te dire : je t'aime. Nous n'avons que ces mots à notre disposition et ils ont servi et resservi et des lèvres impures, gercées de mensonges, les ont prononcés; mais si je te dis que je t'aime et t'aimerai toujours, c'est vrai, même si je le dis avec ces pauvres mots...

– Chéri!... »

Elle s'abandonna. Je cueillis ses lèvres comme un beau fruit et le dévorai en affamé et elle balbutia des mots indistincts et je dis : mon amour, plusieurs fois, telle une plainte, et puis tout chavira, le monde fut merveilleusement transformé. Je me mis à gémir et soupirer, ce fut comme si on me labourait les reins avec un couteau, j'étouffai un cri de bonheur intense, et, dans un grand cataclysme, un tremblement de terre, d'eau, de feu, de ciel et d'enfer, ma semence coula en un flot torrentueux, un délicieux Niagara, entraînant dans un maelstrom d'agonie voluptueuse toute ma méchanceté et ma haine, mon ignominie et mes sales pensées et je me sentis pur, bon, affectueux et doux, désarmé et sensible, et je me dis que ce n'était pas possible que j'aie été si cruel, que c'était si bon d'être gentil et tendre, et je posai ma tête contre la tête de l'aimée, je me perdis dans ses cheveux roux, je lui baisai le lobe de l'oreille et ensuite le lui mordillai et je meurtris mon corps au sien et je sanglotai doucement ma cucaracha, mon phare, Klondyke de tes yeux, eau-de-vie de Dantzig de tes yeux, la proue de tes seins, ton ventre, ton sexe, ma chair vivante, ma soie et mon satin, ma fillette, mon amour, ma femelle, à la fois ma fin et mon commencement, ma...

XVI

NUIT

Le lendemain, je louai un studio meublé où nous abritâmes nos amours. Cette solution nous convenait parfaitement, à l'un et à l'autre. Gloria avait remarqué la plaque d'identité fixée sur le tableau de bord de la voiture, mais je lui décrivis si défavorablement la banlieue où je demeurais qu'elle n'eut aucune envie d'aller là-bas.

Toutefois, le même jour, sous un prétexte quelconque, je me rendis à la villa. J'y trouvai un Paul à la maussaderie aggravée. Il avait accompli à la perfection sa tâche de fossoyeur et il semblait lui en rester quelque chose. Je lui fournis de plus ou moins solides raisons pour justifier mes prochaines absences prolongées, et il ne s'inquiéta même pas de savoir comment il mangerait pendant ce temps. Il paraissait indifférent à tout, sauf à la réserve de spiritueux qu'il épuisait consciencieusement. Je lui dis que les démarches relatives au passage de la frontière avançaient. Il n'en était rien. Je n'avais fait aucune démarche. Je n'avais jamais eu l'intention de partir et, à la vérité, je me moquais pas mal du bossu et d'Albert, lequel dilapidait tranquillement son argent en cinémas, restaurants et filles bon marché.

Pendant quelques jours, je fus heureux.

Je demeurais officiellement au studio et Gloria venait m'y rejoindre. Chez elle, il n'y avait rien de nouveau. Lautier – et pour cause – ne donnait toujours pas signe de vie et les allusions que Gloria se permettait à son égard devenaient de plus en plus brèves et espacées.

***

Gloria paressait sur le divan. Elle me tendit un journal qu'elle parcourait distraitement.

« On raconte, dit-elle, que nous avons tous notre sosie. Cette femme me ressemble. »

Je pris la feuille. C'était *Gazette-Dimanche*, un hebdomadaire spécialisé dans le sensationnel. Illustrant un article, s'étalait le portrait d'une femme qui ressemblait effectivement à Gloria. Le titre gras me tira l'œil :

L'assassinat de la fille soumise Irma Rouc mettra-t-il sur la piste des gangsters jusqu'ici impunis? Les indiscrétions de Gazette-Dimanche..., lus-je, à mi-voix.

« Oui, il s'agit encore de ces bandits », fit Gloria.

L'article disait :

Nos lecteurs se rappellent certainement qu'il y a quelques jours, le cadavre de la fille soumise Irma Rouc fut découvert dans une chambre d'hôtel où elle avait amené un client de passage. L'affaire, qui paraissait banale, semble devoir réserver des surprises. Nous sommes en mesure de divulguer, sans crainte de démenti, que parmi l'argent retrouvé sur la victime figure un billet de banque neuf provenant du sac de la paye des ouvriers des Usines Folk. Jusqu'ici cette trouvaille avait été tenue secrète par la police.

Il n'y aurait rien d'extraordinaire à ce que cette fille comptât parmi les complices des bandits et des investigations sont poussées dans ce sens.

Il se pourrait également qu'Irma Rouc ait tenu ce billet de son assassin, pour prix de ses faveurs, lequel assassin serait alors, selon toute vraissemblance, le tueur de la bande.

Une question se pose : quelle raison avait le tueur de supprimer cette prostituée? Ses actes antérieurs, tout de sauvagerie sanguinaire, laissent supposer qu'on se trouve en présence d'un fou homicide.

Un de nos rédacteurs a eu le privilège d'interviewer une « collègue » d'Irma Rouc, Marie X..., – dont nous publions la photo. Cette femme, qui connaissait la victime, se demande aujourd'hui si elle ne connaît pas également le meurtrier. Il y a plusieurs mois, alors qu'elle était pensionnaire d'une maison close, il lui est arrivé une mésaventure unique depuis le temps qu'elle exerce son métier. Un client – ivre, elle l'admet – a tenté de l'étrangler, quand ils se trouvaient seuls dans une chambre. Elle s'était débattue et l'ivrogne s'enfuit en courant. Cet incident avait soulevé une émotion considérable dans l'établissement où l'on avait guetté, avec vigilance mais en vain, le retour du redoutable client. Partageant en cela l'opinion exprimée par Marie X..., nous dirons que son dangereux partenaire et l'assassin d'Irma Rouc ne font sans doute qu'un seul et même individu. Marie X... ne peut nous en fournir qu'un signalement très imprécis : « Semblable aux autres, d'apparence plus gentille, même, j'ai été fort étonnée de le voir ainsi se conduire. Malgré son ivresse, rien ne laissait supposer qu'il eût de pareils instincts... » A notre question : « Rien de particulier? », le témoin répond : « Non », mais veut bien admettre qu'entre le gangster des Usines Folk – et autres attentats – et son client, des similitudes signalétiques existent. Il s'agirait donc... etc, etc.

Je pliai le journal.

« Quelle histoire!

– Ce sont vraiment des fous, fit Gloria.

– On ne sait pas, dis-je.

– En tout cas, cette fille me ressemble... »

Elle émit un petit rire forcé.

« ... Mes sosies se recrutent dans du beau monde!

– Oui, elle te ressemble », dis-je.

Elle ne pouvait pas savoir combien cette fille lui ressemblait vraiment. C'était il y avait longtemps. Je n'avais pas encore décidé de me jeter dans la bagarre. Cet incident, depuis, s'était effacé de ma mémoire, mais maintenant je revivais la scène comme si j'y étais encore. Ce soir-là, nous avions dîné ensemble, Gloria, son mari et moi. Je les avais quittés vers minuit. Au cours du repas, j'avais fait honneur aux vins. Une fois dehors, j'avais continué à boire, au hasard des bistrots rencontrés sur ma route, puis, à demi inconscient, j'étais allé échouer dans ce bordel qu'animait justement, de son accordéon poussif, l'aveugle ancien barbeau dont j'ai déjà parlé. C'était souvent la conséquence de mes entrevues avec Gloria : il me fallait voir des putains, les sentir et les palper. C'était la « maison » la plus ignoble de la ville et la plus pittoresque aussi, tant par sa clientèle que son personnel, avachi et déprimant. Sur les banquettes à la moleskine craquelée, gisaient des Chinois pensifs, des Arabes taciturnes, toute une foule d'esseulés, de malfrats et de purotins, enfants et frères du malheur, qui restaient des heures devant un demi tiède, à regarder évoluer les filles aux charmes en ruine. Le tarif peu élevé provoquait un incessant défilé dans l'escalier étroit aux marches inégales. Mais beaucoup, plus fauchés qu'il n'est permis, se contentaient du spectacle. Ils s'excitaient tout leur saoul sur les appas flétris des prêtresses du lieu, puis ils sortaient pesamment et allaient se livrer au plaisir solitaire dans une rue voisine, à l'angle propice d'une encoignure déjà compissée par les chiens. Il régnait dans l'estaminet un boucan épouvantable. La sous-maxé proférait des invites grossières pour secouer l'ardeur des hésitants et son cri était repris par le cheptel humain allant et venant parmi les mâles en rut et dépenaillés, et là-dessus l'accordéon miaulait une rengaine à la gomme et parfois un type trop noir gueulait aussi et faisait le méchant, et alors des colosses, sortis on ne savait d'où, l'expulsaient à grands coups de poing sonores. Cette nuit-là, l'assistance n'avait d'yeux que pour une nouvelle qui émergeait nettement du lot. Dès que je l'ai vue, j'ai vacillé. Elle offrait avec Gloria une ressemblance hallucinante. Elle devait avoir son âge et n'était pas encore trop marquée par la débauche. Je lui ai fait signe et, une fois là-haut, je l'ai appelée mentalement Gloria, elle est devenue Gloria et j'ai pensé qu'au même instant la vraie Gloria se pâmait dans les bras d'un autre et que j'étais là avec un simulacre, et mon ivresse m'a emporté et j'ai commencé à serrer le cou de la fille pour la punir de ressembler à Gloria ou peut-être parce que je croyais tenir vraiment Gloria...

Mais je n'avais pas tué Marie. Elle ressemblait trop à Gloria pour que je n'en éprouve pas une certaine fureur en même temps qu'une impuissance à lui faire vraiment mal. C'était complexe. Le meurtre d'Irma l'était moins. Mais Irma ne ressemblait à personne, sauf à elle-même, et elle avait ri. Marie, non. Mon acte, dans les deux cas, variait de motif... Il était maladroit d'avoir amorcé le piège de l'oreiller avec un billet de banque aux numéros relevés. J'aurais dû conserver suffisamment de sang-froid pour le lui reprendre dans son bas, après l'avoir butée. Mais je n'avais prêté aucune attention au caractère particulier du billet. Enfin, c'était fait; il n'y avait pas à revenir là-dessus. Ce n'était d'ailleurs pas cette histoire de billet, ce regrettable indice, qui me tracassait. C'était ce pourquoi j'avais buté Irma. Je l'avais butée parce qu'elle avait rigolé...

Je regardai Gloria.

Riait-elle aussi, sans que je m'en aperçoive? Je l'aimais tellement, j'étais si heureux de l'avoir mienne, je sombrais à chaque étreinte dans un tel ineffable abîme d'inconscience, que je n'avais pas songé à l'observer. Me subissait-elle, sans plus?

***

« Gloria! »

Un cerne dessina sous chacune de ses paupières fermées et brusquement assombries son sillon de bonheur. Ses narines frémirent. Sa bouche s'entrouvrit sur les dents éclatantes dont je ne pouvais détacher mon regard, et un halètement satisfait fusa, cependant que tout le corps vibrait avant de s'amollir doucement. Je bus à ses lèvres quelque chose de froid, mais ce froid était la vie même et ses doigts aux ongles laqués se crispèrent sur mon dos, pénétrèrent ma chair et je la tins pantelante dans mes bras, toute langoureuse et gémissante et, de la tête aux pieds, cœur et sexe, un grand soupir d'amour.

« Heureuse, Gloria? »

Ma voix sonna étrangement. Parler était idiot, mais je voulais savoir. Elle ouvrit les yeux, ses beaux yeux pailletés d'or, qui ressemblaient maintenant à des lingots. Elle chercha ma main et la pressa, sourit et ne dit rien et puis, à nouveau, les paupières s'abaissèrent.

Je me redressai, un peu ridicule dans mon débraillé. Le sein de Gloria se soulevait. Les yeux clos, son visage se détendait. Je restai là, un moment, à la contempler et brusquement un voile, le drapeau noir du doute, m'obscurcit la vue. Je me pris les cheveux à deux mains et m'enfuis dans la pièce voisine. Un meuble supportait une bouteille d'alcool. J'en ingurgitai une copieuse rasade, à même le flacon. Du liquide coula le long de mon menton.

Saloperie de comédienne! Toutes des vaches et des putains, et Gloria comme les autres.

XVII

DEUIL

Par la baie du studio, je découvrais le dernier étage de la maison d'en face et son toit revêtu de zinc où un chat venait souvent dormir à l'ombre d'une cheminée. Un pot de fleurs ornait le rebord d'une fenêtre et, quand le vent soufflait, comme aujourd'hui, je restais là des heures à le contempler, guettant sa chute. Je guettais aussi le chat. Il pouvait avoir un mouvement malheureux, dans son sommeil, et débouler sans réaliser ce qui lui arrivait. En me penchant, je voyais les gens passer dans la rue, sept étages au-dessous. Je calculais combien il existait de possibilités qu'ils reçussent le pot de fleurs sur la tête. Je me demandais aussi si le chat aurait le temps de se retourner et de retomber sur ses pattes et, même dans les conditions les plus favorables, s'il s'en tirerait sans mal.

Gloria s'approcha et mc retira des lèvres la cigarette que je fumais machinalement.

« Qu'as-tu? demanda-t-elle.

– Jc ne sais pas.

Elle aspira deux rapides bouffées, puis me rendit la cigarette, cerclée de rouge à lèvres à son extrémité. Je la pris et la conservai entre mes doigts.

« Des ennuis? »

Elle savait aussi jouer l'inquiétude.

Le vent agitait la plante dans le pot de fleurs, mais pas le pot de fleurs. Le chat s'étira. Le tabac embrasé me brûla les doigts. Je jetai le mégot.

« La santé?

– Je ne sais pas.

– Tu n'as pas l'air dans ton assiette.

– Je ne me sens pas très bien », dis-je, pour en finir.

Je ne sais plus quelle phrase elle prononça alors. Le mot *docteur* y était enchâssé et me fit ricaner.

« Docteur? Il n'y a pas de toubib pour... »

Je m'interrompis. Je serai un éternel bafoué et le pot de fleurs ne tomberait pas et le chat conserverait son équilibre.

« Pour?... » demanda-t-elle.

Je l'attirai contre moi. J'étais partagé entre le désir de la battre et de l'étreindre.

« Pardonne-moi, dis-je. J'ai le cafard. Je ne devrais pas avoir le cafard auprès de toi, mais j'ai le cafard. Et il n'existe pas de docteur qui guérisse le cafard.

– Mais si, justement, chéri. »

J'empoignai mon chapeau.

« Sortons, proposai-je. Un tour à pied me fera du bien. »

J'entraînai Gloria de bar en bar et je pris une bonne cuite.

***

A quelques jours de là, Gloria m'informa que, le soir même, elle dînait chez une de ses amies, ou une amie de sa famille, je ne sais plus, rencontrée fortuitement. Je pouvais l'accompagner, si je le désirais, sans craindre de la compromettre. Elle répéta que Mme Clapas était une vieille amie. Elle ajouta, plutôt bizarrement, que son mari professait des idées très modernes : notre liaison, s'il la devinait, ne l'offusquerait pas. C'était un psychanalyste ou quelque chose dans ce goût-là.

A ces mots, j'eus idée que ce n'était sans doute pas tout à fait par hasard que Gloria avait rencontré cette ancienne relation et je ne doutai pas qu'elle eût tout arrangé elle-même : nous n'irions pas chez ces gens pour partager uniquement le pain de l'amitié.

Je regardai longuement Gloria.

Je n'avais jamais été si malheureux, autant à la dérive. Je ne savais plus que penser, ne comprenant pas cette démarche. Tout en se moquant de moi, m'accordait-elle un peu de pitié? Mais elle devait bien savoir, aussi parfaitement que moi et mieux que quiconque, que la pitié était inutile. Alors? Quelle perche essayait-elle de me tendre en m'entraînant chez ce charlatan?

Charlatan? Peut-être pas...

J'avais été sur le point de refuser d'accompagner Gloria, de la laisser en plan avec ses frais de mise en scène ridicule, et, soudain, il ne me déplut pas d'affronter cet homme. Je puisai même, dans cette perspective, une vague satisfaction...

« Je viendrai avec toi », dis-je, sans autrement exprimer mes sentiments.

***

Chez le toubib, dans le vestibule, trônait une immense photographie représentant, le gilet barré d'une bourgeoise chaîne de montre, un personnage très correct, le menton orné d'une courbe barbe blanche et le visage aux traits agréables empreint de douceur : le portrait du maître dont Clapas n'était que l'humble disciple. Tel était mon état d'esprit, avide de soutien, que la vue de l'image de cet homme grave, d'où émanait une compréhensive bonté, me réconforta.

Cette impression créa l'ambiance favorable à la connaissance des hôtes de l'endroit. Très aimable, Mme Clapas avait certainement été davantage l'amie des parents de Gloria que de Gloria elle-même, ses tempes argentées en témoignaient éloquemment. Son mari devait également approcher la cinquantaine. Sans doute pour faire encore plus sérieux et en imitation de son illustre maître, il portait une barbe, comme lui, mais en pointe. Elle tempérait ce qu'avaient de malicieux des yeux fureteurs tapis derrière des lunettes à fine monture d'argent.

Nous sympathisâmes immédiatement et, lorsqu'aux cigares il aiguilla astucieusement la conversation sur les « tourments intérieurs », en lesquels il était orfèvre, je n'hésitai plus. Les vins aidant peut-être, je sollicitai un rendez-vous de mon propre mouvement. Le premier fut fixé au lendemain.

***

Et, à l'heure convenue, quand je me retrouvai seul en présence de l'homme de l'art, je ne pus m'empêcher de rire. Avait-il fallu que je fusse saoul pour accepter de me prêter à pareille comédie?

Il me demanda d'abord de quoi je souffrais, et je répondis que je n'en savais rien. Je le savais, mais je ne voulais pas le lui dire. Pas plus ce type que d'autres ne pouvait me guérir. On n'espère pas qu'un gosse de cinq ans puisse se mesurer victorieusement avec un champion de boxe poids lourds ou qu'un cul-de-jatte batte le record des 1 500 mètres. Avec toute sa science, ce docteur ne pouvait rien pour le gosse de cinq ans ou le cul-de-jatte, mais ça m'amusait de le laisser essayer. J'avais lu pas mal d'articles de revues sur les théories qu'il professait et il allait sans doute me poser un tas de questions sur mes rêves, mes souvenirs d'enfance et tout le saint-frusquin, et ça me soulagerait peut-être de raconter ceci et cela. C'était tristement dérisoire, mais, pendant ce temps-là, je ne penserais pas à autre chose.

Ce fut effectivement ainsi qu'il procéda. Après m'avoir dit qu'il tenait de Mme Lautier que je faisais quelque peu de neurasthénie, à quoi je répondis encore une fois que je n'en savais rien mais que c'était possible, il m'engagea à lui parler de moi et il s'installa dans un angle de son cabinet, roulant des cigarettes, mais attentif à mes paroles.

J'aimais me raconter. J'en avais assez bavé, dans cette chienne d'existence, pour désirer faire comprendre aux autres, par l'étalage de mes avanies, qu'il faudrait qu'ils payent un jour leur bonheur – et un bon prix – à tous ceux qui ne l'avaient pas connu. Je lui fis le récit de mes vagabondages.

« Quel âge aviez-vous? demanda-t-il.

– Quinze ans. A ce moment, elle en avait dix.

– Qui donc? »

Je me repris :

« Personne.

– Continuez », dit-il, sans autrement marquer d'intérêt.

Je restai coi.

« Vous aviez quinze ans, dit-il. Orphelin?

– A quatre ans, oui. Père et mère. J'ai été élevé par mon grand-père. Il s'est saigné aux quatre veines pour moi. A quinze ans, je l'ai quitté.

– Pourquoi?

– Pour rien. Je voulais vivre dans la capitale.

– Et quelle différence y avait-il entre votre foyer et la capitale?

– Chez moi, je mangeais à ma faim. Dans la capitale, non.

– Curieuse raison! Et vous y êtes resté?

– Quelques mois. Puis, j'en suis parti pour d'autres grandes villes et j'y suis revenu et encore reparti. Un peu partout, j'ai exercé tous les métiers. Mais je ne restais jamais longtemps dans la même place. C'était toujours de sales besognes, mal payées et pénibles.

– Vous aviez quatre ans, quand votre mère est morte?

– Oui.

– Vous souvenez-vous d'elle?

– Ne me parlez pas des mortes, grondai-je. Elles me poursuivent. Tout jeune, j'ai pensé que jamais je n'oserais aborder une femme et encore moins faire l'amour avec elle... J'ai réfléchi alors qu'avoir une belle morte à ma disposition serait l'idéal. Depuis, d'ailleurs, je fréquente volontiers les cimetières. Et je suis un cimetière moi-même. J'ai l'impression de porter un deuil universel...

– Plus vraisemblablement le deuil de votre mère.

– Non, ce sont ces mortes, ces mortes convoitées, qui se vengent. Je n'ai jamais couché qu'avec des mortes. Pas de vraies mortes, mais des fausses. Des fantômes, dans mes rêves, ou des femmes qui restent inertes sous mes étreintes. C'est de cela que je souffre : je me sens incapable de donner le plaisir. C'est drôle! Quand ma timidité me faisait désirer les mortes, je ne pensais qu'à jouir seul. Aujourd'hui que je voudrais faire partager mes extases, je ne le puis. Ce sont ces mortes qui se vengent. Je les vois, alignées dans un sombre caveau, vêtues de longues chemises blanches, des roses entre les doigts et les cheveux cerclés d'un diadème. Elles reposent sur des blocs de marbre, car la pierre tombale est à l'intérieur de la terre, non dessus. Anna... »

Pourquoi me rappelai-je Anna? Son souvenir surgit brusquement du tréfonds de ma mémoire.

« ... J'avais six ans, Anna douze. C'était à la campagne. Elle m'a entraîné dans un champ voisin de sa maison. Il y avait un fossé profond. Elle m'y a allongé. Je respire encore l'odeur de ce fossé, une odeur de terre mouillée fraîchement bêchée et pleine d'escargots sectionnés par l'outil. Un fossé? Non, une fosse. Encore une fosse. Anna était vivante et c'était moi le mort. Et quand j'ai été vivant à mon tour, je n'ai eu commerce qu'avec des mortes, prostituées passives ou pseudo-aimantes hypocrites. Et puis celle que j'ai aimée par-dessus tout et qui était inaccessible, c'est-à-dire morte parmi les mortes, et qui est devenue plus morte encore quand, enfin, je l'ai eue : Gloria.

– Mme Lautier? »

Il me sembla émerger d'un rêve.

« J'ai eu la langue longue, hein? ricanai-je. Oui, Mme Lautier. Son mari ayant foutu le camp, je couche avec, ajoutai-je, avec une soulageante grossièreté. Vous ne le saviez pas?

– Je m'en doutais un peu, sourit le toubib. Voyons, voyons... »

Il se lustra la barbiche.

« ... Une femme comme Gloria, qui paraît vous aimer...

– A quoi reconnaît-on qu'une femme vous aime?

– Mon Dieu! il existe un acte assez précis.

– Les catins l'accomplissent, cet acte. Elles n'en aiment pas leurs clients pour cela.

– Ce sont des femmes que l'on rétribue.

– Et les autres? On les conduit au spectacle, on leur offre un chapeau, des parfums. C'est toujours la prostitution et la vénalité.

– Vous parlez comme un anarchiste.

– Possible. J'ai fréquenté aussi ces milieux. J'ai dû me croire anarchiste.

– Qu'est-ce qui vous y attirait?

– Ils se dressaient contre un tas de choses qui, je le sentais confusément, m'oppressaient.

– Et pour remettre quoi à la place?

– Je ne m'en suis jamais préoccupé.

– Vous êtes un négateur, sourit-il.

– Pas tout à fait, protestai-je. La vie est dégueulasse, certes, mais on devrait pouvoir la changer. Est-ce possible?

– Je ne sais pas, dit-il. Mais telle qu'elle se présente, elle a de bons côtés dans son imperfection. Vous-même l'admettez, qui vous torturez parce que, paraît-il, vous ne pouvez pas donner du plaisir.

– C'est mon drame, justement. »

Il me questionna et je répondit docilement. Je n'avais plus envie de ruser. Ce barbichu était le seul être au monde susceptible de comprendre ma détresse.

– Très bien, articula-t-il ensuite, en se frottant les mains. C'est assez pour aujourd'hui. Vous êtes un cas intéressant. Je commence à discerner l'origine et les prolongements de votre névrose, encore que beaucoup de points restent obscurs. Mais on ne peut pas espérer les déceler en une séance. Toutefois, nous y arriverons, mon ami, nous y arriverons et vous ne vous imaginerez plus être je ne sais quelle victime maudite. Vous êtes physiquement bâti comme tout le monde, seulement... Je puis vous parler franchement, n'est-ce pas? Vous êtes intelligent, vous ne vous froisserez pas. Eh bien! C'est là-dedans... »

Il me frappa paternellement le front.

« ... Que ça travaille. Si je vous disais qu'à midi le soleil brille, sauf quand il pleut, évidemment, vous ne voudriez pas me croire, et c'est pourtant la vérité reconnue. Mon rôle est de vous rendre la vue, une claire et saine vision des choses. J'y parviendrai...

– Certaines se sont moquées, hasardai-je.

– Lesquelles? »

Je ne pouvais pas mentionner Irma Rouc.

« Je ne sais pas, dis-je. Je suppose... »

Il me tapa amicalement dans le dos.

« Vous supposez trop. Vous êtes un imaginatif, pas mal persécuté et un peu masochiste. Un cas très intéressant que je me félicite de soigner. »

Nous quittâmes son cabinet et passâmes dans une pièce voisine où Gloria, qui m'avait accompagné, bavardait, en amie de la maison, avec la femme du docteur. Nous restâmes tous quatre ensemble à échanger divers propos pendant quelques minutes, puis je partis, suivi de Gloria.

Cet homme m'avait réconforté et j'aurais peut-être pu commencer à considérer la vie d'un autre œil s'il n'y avait pas eu tous mes actes récents, ces cadavres que je traînais avec moi et qui me pesaient, aujourd'hui, ces morts qui pouvaient s'accoupler avec mes fameuses mortes et essayer de faire des petits, pour que fût complet le lugubre cortège.

La Mort, toujours la Mort!

J'avais dit au docteur que j'étais un véritable cimetière. Je ne pouvais, en toute justice, mieux me qualifier. Lui m'avait rétorqué que je portais le deuil de ma mère. C'était mon propre deuil que je portais et ça ne datait pas d'hier. Et je le portais sans raison valable, ce n'était que le fruit de folles imaginations, puisque ce barbichu me le certifiait... quoique...

En dépit de mon reste de doute, je passai une nuit délicieuse auprès de Gloria.

La dernière, car le lendemain tout s'écroula.

***

La séance commençait à peine. Les portes qui nous séparaient de Gloria et de l'épouse du docteur venaient juste de se refermer sur le papotage des deux femmes. Je n'avais pas encore atteint cette espèce d'état second si favorable à la confession. Je racontais mes rêves, mais sans m'intéresser énormément à mes paroles. Par la fenêtre ouverte sur le calme jardinet, je regardais l'arbre unique qui le décorait, entouré d'un massif de fleurs. Le docteur Clapas habitait une rue paisible. Et soudain cette rue paisible retentit d'un tumulte inaccoutumé.

Importuné, le docteur fronça les sourcils, se leva et alla

fermer la fenêtre. Je quittai également mon siège. J'avais reconnu l'organe professionnellement éraillé des crieurs de journaux hurlant une « spéciale » et cru distinguer un ou deux mots suspects. Aussi, à peine le docteur avait-il fermé la fenêtre, je la rouvris, malgré ses protestations étonnées, et tendis l'oreille. A proximité, un camelot dut s'arrêter dans sa course pour satisfaire un acheteur et il le fit sans cesser de clamer sa sensationnelle manchette et j'entendis comme dans un bruit de tonnerre :

« Arrestation du bossu de la bande tragique!...

– Encore ces fameux gangsters, commenta le docteur.

– Oui, fis-je.

– Espérons maintenant qu'on parle d'eux pour la dernière fois. »

Je refermai la fenêtre, indécis sur l'attitude à adopter. Je devais faire une drôle de figure, car le toubib me demanda si j'avais un malaise. Je ne répondis pas précisément.

« Dites donc, ricanai-je, ces gars-là, ces assassins, cela doit être matière précieuse à examiner, pour vous autres, psychiatres, non? »

Derrière ses lunettes, il me coula un étrange regard. Comprenait-il qu'il se préparait de l'extraordinaire et que, dans le genre criminel, sinon psychanalytique, on était à la veille de dramatiques révélations? Me soupçonnait-il? Je n'eus pas le temps de le savoir. Sa barbiche frissonna, il fut sur le point de parler, mais le bruit d'une porte s'ouvrant avec violence lui coupa la parole et me fit me retourner. Suivie de l'hôtesse, Gloria fit irruption dans la pièce. Échevelée, bouleversée, ses yeux fulgurants, plus belle que jamais, elle froissait un journal entre ses mains.

« Toi ! » cria-t-elle.

Ce cri contenait de tout. Un échantillonnage complet de sentiments divers. De la détresse, de l'horreur, de la peur et de la rancune. Je compris. Elle savait ! En une seconde, j'eus le pétard au poing comme si je n'avais eu qu'à le faire glisser de ma manche dans la paume, et me plaquai le dos au mur, hors de toute atteinte et de surprise.

« Foutez-vous tous dans ce coin, ordonnai-je sourdement, désignant l'angle le plus éloigné. Faites vite et fermez vos gueules, parce que c'est moi le petit tueur numéro un et voilà un joujou à amorces qui n'a pas servi depuis longtemps et il pourrait bien se laisser aller... »

Ils se pétrifièrent. Gloria savait vraisemblablement, par la lecture du journal, à quoi s'en tenir; de son côté, le docteur devait être, à présent, suffisamment éclairé, lui aussi; mais sa femme, qui n'avait sans doute escorté Gloria que parce qu'inquiète de son attitude, n'en revenait pas de ma réception brutale. Elle partit dans les pommes avec un ridicule petit cri. Son mari hésita, puis fit mine de la secourir.

« Laissez ça, toubib, dis-je. Nom de Dieu ! foutez-vous dans ce coin, et vite ! Et les mains en l'air, jusqu'à nouvel ordre ! »

Il obéit, ainsi que Gloria. Elle lâcha le journal qui vint atterrir en planant sur la jambe maigrichonne de la femme évanouie.

Je me saoulais à regarder Gloria reculer lentement sous ma menace. Un rictus lui entrouvrait les lèvres sans l'enlaidir et les dents éclataient là-dedans comme je ne sais quoi d'adorablement dangereux au milieu d'un fruit mûr. Les seins, orgueilleusement tendus par la position des bras adressaient un insolent défi à ma misérable condition. Je ne me rappelais plus si j'avais rêvé qu'elle eût dit un jour : « Ça gonfle », ou si elle l'avait dit vraiment ou si je l'avais dit pour elle...

Les tenant toujours dans l'axe de mon engin, je passai derrière le bureau et entrepris d'en explorer les tiroirs à la recherche d'un éventuel arsenal. Ensuite, j'arrachai les fils du téléphone et envoyai dinguer l'appareil.

« Pouvez baisser les bras. Mais souvenez-vous qu'au moindre geste suspect je vous descends... »

Je leur désignai une table nue, flanquée de deux chaises :

« Asseyez-vous là et les mains à plat sur la table! »

Lorsqu'ils furent installés, je ramassai le journal et le disposai devant Gloria.

« Lis-moi ce qu'il y a là-dessus. »

Elle me lança un regard désespéré, fit un effort, saisit le journal entre ses mains tremblantes et commença à lire d'une voix blanche. J'allumai une cigarette et écoutai avidement. Le docteur n'était pas moins attentif.

Le démon de l'information sensationnelle à tout prix poussait le journal à imprimer des choses que la police désirait certainement tenir secrètes, mais je n'allais pas me plaindre. Paul était aux mains des bourres depuis le matin. Le flair de ceux-ci n'entrait pour aucune part dans sa capture. Ce cochon de bossu était allé se constituer prisonnier, dans un accès de cafard. Depuis l'exécution de Gisèle, il se foutait de tout, je l'avais bien senti, mais sans trop y attacher d'importance, en véritable imbécile égoïste que j'étais. Bref, désespéré, et crever pour crever, autant que ce fût en se vengeant de moi, qui l'avais poussé à tuer sa maîtresse, et ce damné porc de sale infirme racontait tout ce que nous avions fait. Il dénonçait pêle-mêle Albert, Christ, tous les complices de nos débuts, et il m'octroyait large mesure, m'imputant le meurtre de Gisèle – ce qui, à tout prendre, n'était pas tellement inexact – n'oubliant pas Marcel et Lautier au nombre de mes fortaits. Il devait nourrir une fameuse haine contre moi, Paul; une bonne haine bien grasse. Je le comprenais, et puis, quoi! tout ne devait-il pas se terminer comme ça, un jour ou l'autre?...

Le journal signalait que j'étais activement recherché et que la prime afférente à ma capture, mort ou vif, était doublée. Un paragraphe – que Gloria ne lut pas sans émotion accrue – mentionnait la parenté Lebas-Lautier.

Je réfléchis que c'était une veine que Gloria ne soit pas retournée chez elle depuis la veille. Aujourd'hui son domicile devait grouiller de policiers. De toute façon, le répit qui m'était imparti avant le saut final ne devait pas excéder quelques jours, voire quelques heures.

« Et alors, toubib? ricanai-je. Comment trouvez-vous votre client? Est-il assez bien conditionné pour un praticien de votre réputation? Je présume que vous avez dû souvent être commis à l'examen de criminels, mais vous ne les voyiez qu'entre quatre murs, déjà diminués, tandis que moi... Je suis là, encore libre. Vos confrères en attraperont la jaunisse. Un cas intéressant? Vous ne croyiez pas si bien dire... »

Je m'interrompis. Sa femme remuait faiblement sur le tapis, reprenant ses sens.

« Soignez-la, dis-je, mais faites gaffe. »

Il se pencha vers sa femme, la souleva et la déposa sur un sofa. Il lui tapa dans les mains et se livra à toute la gymnastique élémentaire employée pour faire revenir les gens à eux. Mme Clapas ouvrit les yeux, les referma dès qu'ils aperçurent le museau de mon arme et faillit retomber en digue-digue. Je lui dis que je ne lui voulais aucun mal, mais qu'il fallait qu'elle se tînt tranquille. Elle parut s'assimiler très bien mes exigences.

« Puis-je rester auprès d'elle? demanda le docteur.

– Oui, mais laissez vos mains sur vos genoux. Et que Gloria vous rejoigne. Je préfère vous savoir groupés.

– Que vas-tu faire de nous? interrogea Gloria, une fois avec les autres.

– Je ne vais pas tarder à partir, dis-je, en guise de réponse. J'aimerais auparavant avoir une conversation avec le docteur. Vous me disiez hier, toubib, que vous entrevoyiez l'origine et les prolongements de ma névrose, mais que certains nombreux points restaient encore obscurs. Je vais les éclairer.

– Je vous en prie, articula-t-il, courtoisement et sans aucune trace d'ironie dans la voix. Je vous écouterai très volontiers et je suis persuadé que ça ne peut qu'être profitable pour nous deux. »

Il était repris par son art, en dépit de sa situation critique. Derrière ses lunettes, ses yeux brillaient de curiosité impatiente. Oui, j'étais un cas intéressant et j'allais lui en fournir pour son argent.

Triomphalement, je racontai tout ce que j'avais fait, ce que le journal disait et ce qu'il ne disait pas, ajoutant à la sanglante nomenclature les pensées que je me souvenais plus ou moins avoir été les miennes chaque fois que j'avais appuyé sur la détente, et je parlai de Gloria, de tout. Je lui en donnai pour son argent et sa surprise, comme promis à moi-même, d'autant plus volontiers que cela me soulageait de me confesser ainsi. Le juge d'instruction, en admettant que je comparaisse jamais devant un magistrat, ne me permettrait pas un tel discours... Et je me délectais à étaler ma misère, à clamer ma détresse, à toucher le fond de l'abîme, à parler de mes revanches qui n'en étaient pas, à enfin triompher de ma perpétuelle défaite dans cette vie si dégueulasse...

Je me tus.

Le silence se prolongea.

Mme Clapas évitait mon regard. Un tremblement convulsif agitait sa jambe droite. Je suppose qu'elle était trop terrifiée pour avoir entendu une seule de mes paroles. Encadré de ses magnifiques cheveux, le visage de Gloria, dans lequel brillaient généralement les paillettes d'or de l'eau-de-vie, était inexpressif comme celui d'une poupée de cire. Le docteur m'avait écouté avec attention, hochant la tête, avançant une moue, de-ci de-là, à certains passages de mon récit. Il avait conservé docilement ses mains sur ses genoux. Il en détacha une et la pointa en direction de mon automatique que je tenais fermement assuré contre ma hanche.

« Voici votre sexe! » dit-il.

***

« Vous portez le deuil de votre mère, exposa tranquillement le docteur. Depuis qu'elle est morte, vous refusez la vie. Tous vos actes le prouvent. Vous préférez, à un foyer où vous ne manquez de rien, une existence vagabonde et pleine d'aléas, et le simple fait de manger revêt à vos yeux un caractère d'intolérable obscénité. Pour rester fidèle à cette mère morte, vous vous êtes réfugié dans une timidité maladive et vous êtes châtré moralement – autre refus de la vie – au point de vous croire incapable de provoquer le plaisir sexuel chez la femme, et lorsque vous dispensez ce plaisir, vous le niez et le taxez de comédie. Vous comportant perpétuellement en paria – le manque d'argent, c'est aussi une castration – vous ne pouviez pas espérer d'autres partenaires affectives que des mercenaires passives. Dans tout ce que vous avez entrepris, vous avez mis les mauvaises chances de votre côté pour échouer. Vous avez voulu procurer le plaisir et souffert d'en être incapable, selon vous. Pourquoi avez-vous tenté de renouer avec la tradition perdue – *morte* – de l'illégalisme révolutionnaire? Pour secourir des opprimés, c'est-à-dire donner du plaisir à ceux qui n'en avaient pas? Sans doute, mais c'était là à la fois un véritable motif et un prétexte. Votre attitude foncièrement négativiste vous fait rechercher la mort. Or, il est fréquent que les individus les plus déterminés à mourir hésitent à se supprimer eux-mêmes. Ils cherchent alors un autre moyen d'en finir. Tel fut le cas de Lacenaire, entre autres. Indécis sur le choix de sa mort, refusant le poison et la noyade pour des raisons esthétiques, il opte en définitive pour le fer et se voue, avec un effroyable humour, au couperet de la guillotine. Comme celle de Lacenaire, votre vie n'a été qu'un long et raffiné suicide. Vous avez manœuvré en sorte de mourir d'une autre main que la vôtre, mais actionnée par vous. Je crois que le but est atteint... Le violent amour éprouvé pour Gloria vous a définitivement traumatisé. Qui est Gloria? Une femme que vous jugez inaccessible par le double fait qu'elle vit sur un autre plan – un autre pied – que vous et qu'elle est mariée. Vous l'aimez, certes, mais en vertu de votre complexe d'infériorité vous redoutez d'avoir à vous exécuter et les obstacles rencontrés sur votre route ne sont pas pour vous déplaire. Gloria peut encore symboliser la Mort après laquelle vous aspirez. Elle est d'un *autre monde* que le vôtre; vous êtes persuadé ne pouvoir jamais lui donner du plaisir, que vous la possédiez ou non : *elle restera un cadavre.* Morte parmi les mortes, selon vos propres termes. Lorsque les grévistes, pour alimenter la caisse de secours desquels vous avez commis le premier attentat, repoussent vos présents, vous ressentez ce refus comme une déception amoureuse, un affront sexuel. Vous décidez de poursuivre votre carrière criminelle, sans doute dans l'espoir avoué de vous procurer de l'argent pour accéder à Gloria, mais aussi dans l'intention inconsciente d'effectuer un pas de plus vers le bourreau... A votre sexe, vous avez substitué un revolver. Et au lieu de donner la vie et le plaisir, vous semez la mort et le désespoir... L'apaisement éprouvé lorsque, enfin, Gloria vous appartient n'est que passager et vous en arrivez très rapidement à douter de la sincérité des épanchements de votre maîtresse, ce qui, hélas! s'inscrit dans le droit fil de votre destinée tourmentée. Le but de votre vie n'est pas Gloria, mais la recherche passionnée de la mort, un long suicide... Je vous le dis... »

J'exhalai une sorte de rugissement étouffé :

« Taisez-vous! »

Le docteur négligea mon injonction. Sa voix vibra :

« Je vous le dis : vous portez le deuil de votre mère et même votre propre deuil; vous vous êtes volontairement châtré et vous avez toujours refusé la vie...

– Taisez-vous! répétai-je.

– Oh! volontiers, fit-il, doucement. D'ailleurs, j'ai fini. »

Il se renversa en arrière. La lumière joua sur ses verres de lunettes, leur arrachant de froids reflets d'acier.

« ... C'est une analyse sommaire et hâtive, mais j'ai fini. »

Le silence régna, physiquement gluant. Je restai un moment immobile, à contempler le trio : l'homme, professionnellement satisfait; son épouse, malade de peur, et Gloria, aussi figée que moi.

Je tirai de mon paquet la dernière cigarette qu'il contenait. J'avais fumé sans interruption pendant l'exposé de Clapas. J'allumai la cigarette. La vie était dégueulasse et je l'avais dégueulassée davantage. Ce revolver...

Mes yeux s'abaissèrent sur l'arme. Je l'avais considérée comme un objet sacré, en effet. Machinalement, j'en vérifiai le fonctionnement. Un cri s'éleva, poussé par la femme du docteur, que mon geste effraya.

Je reportai mon attention vers le groupe. Derrière ses lunettes aux scintillements glauques et insoutenables, le docteur me scrutait.

« Tu vas nous tuer? demanda Gloria, d'une voix sans timbre à travers la poix du silence. »

Je ne répondis pas.

Protégeant ma retraite de l'automatique toujours braqué, je progressai lentement en direction de la porte, à reculons, mes souliers raclant et maltraitant le tapis.

Je regardais Gloria, ses yeux, son ncz, sa bouche, son menton, ses oreilles apparaissant entre deux mèches de cheveux roux. Je me saoulais de sa sihouette. Un étau me broyait les tempes. Je ne sais pas si je portais le deuil de ma mère. C'était possible, mais aucune chanson n'évoquait ma mère et j'avais dit un jour à Gloria que je mourrais par elle et il existait une stupide chanson qui reprenait le propos, et lors de notre première rencontre la chanson du cafard et des cactus fleurissait sur ses lèvres. J'ignorais par qui j'allais mourir, par Gloria, par ma mère ou par moi. Mais j'allais mourir, j'allais rejoindre toutes les mortes et le sentiment qui me submergeait n'était ni triste ni joyeux, simplement neutre, affreusement mathématique, deux et deux faisaient quatre, la vie était si dégueulasse et j'étais un cimetière...

Je sentis l'huis contre mes épaules.

« Gloria! »

Tout était désormais inutile. Rien n'avait plus de sens, rien n'en avait jamais eu, et pourtant... Je me demandais si cet homme disait vrai... si parfois un écho sincère avait répondu à mes ardeurs....

« As-tu joui, Gloria? »

La pièce se vida de ses êtres humains, de ses meubles, de la lumière et de l'ombre, sauf de Gloria. Gloria emplissait tout.

Elle hésita. La frange des cils battait violemment et les chers yeux pailletés d'or s'animèrent soudain de sentiments confus en lutte sourde.

« Non! »

Ma gorge se noua. Un spasme bref m'aigrit la bouche. Je ramenai pesamment mon bras gauche derrière le dos, cherchai en tâtonnant le bouton de la porte et le tournai. Mon regard ne pouvait se détacher de Gloria.

« J'aurais tant aimé vivre », dis-je.

Je sortis.

PRESSE

L'Écho, *7 octobre...*

Le plus redoutable membre de la bande tragique, le tueur Jean Fraiger, a été abattu hier, dans un poste de police où il s'était présenté les armes à la main. Depuis le 17 septembre, date à laquelle il fut dénoncé par son complice Paul-le-Bossu, il était vainement recherché... (Suite page 5.)

Gazette-Dimanche, *12 octobre...*

Nos lecteurs n'ignorent pas que lundi dernier 6 octobre le tueur sanguinaire de la bande tragique, Jean Fraiger, a été abattu dans un poste de police qu'il avait manifestement l'intention, dans un accès de rage, d'attaquer. Le gangster apparut à la tombée de la nuit, un revolver dans chaque main et commença à tirer, mais sans atteindre personne. Les agents, qui ont eu le temps de se familiariser avec sa photographie, affichée dans tous les postes de police, le reconnurent tout de suite et se mirent en devoir de riposter. Le visage décomposé, tenant à peine sur ses jambes, le bandit, que le recul des deux revolvers en action qu'il tenait serrés contre son corps à la hauteur des hanches, animait de soubresauts, cria alors :

« – Tirez au sexe! »

Un examen du cadavre nous permet de préciser que certains policiers déférèrent à cette curieuse invitation.

Depuis le 17 septembre, journée qu'il avait passée en compagnie du docteur Clapas, l'éminent psychiatre, le gangster était resté introuvable. On ignore où il se cachait. L'autopsie a confirmé que, lorsqu'il fit irruption dans le poste de police, il mourait littéralement de faim. On a découvert sur lui une longue confession écrite tantôt à l'aide d'un stylo, tantôt au crayon, sur les morceaux de papier les plus hétéroclites, et il semble qu'il ait employé les vingt jours séparant sa dénonciation de sa mort à rédiger ce document dont Gazette-Dimanche, *toujours à la pointe de l'actualité sensationnelle, s'est assuré l'exclusivité de publication.*

Nos lecteurs en trouveront le début en page 7, ainsi qu'une étude du docteur Clapas, l'éminent psychiatre, sur ce cas particulier de complexe d'infériorité. (Voir page 7.)

Octobre 1947.

TABLE

LA COMPOSITION, L'IMPRESSION ET LE BROCHAGE DE CE LIVRE
ONT ÉTÉ EFFECTUÉS PAR LA SOCIÉTÉ NOUVELLE FIRMIN-DIDOT
POUR LE COMPTE DE CHRISTIAN BOURGOIS ÉDITEUR
EN AOÛT 1990

Imprimé en France
Dépôt légal : janvier 1986
N° d'édition : 1644 – N° d'impression : 15614
Nouveau Tirage : Août 1990